James COUDOUX

Scènes de vie et de folie

Nouvelles

A mes filles, à ma femme.

A ma famille, et mes amis.

Édition : BoD – Books on Demand, info@bod.fr
Impression : BoD – Books on Demand,
In de Tarpen 42, Norderstedt (Allemagne)
Impression à la demande

ISBN : 978-2-3224-0911-2
Dépôt légal : Mai 2022

LE TEMPS D'UN GRAIN

Une brume naissante se glisse à la cime des arbres. Ceux-ci, s'inclinant face aux vents dominants, se laissent caresser par ce film blanchâtre, comme sous une couverture de coton. En haut de ma colline, le Mont de Couple, je respire et j'observe.

Des oiseaux chantent encore, par-ci par-là, alors qu'à l'horizon le soleil plonge au ralenti dans la mer. La mer du Nord. Verte, marron, bleue plus souvent qu'on ne le croit. Agitée régulièrement par les vents du Sud-Ouest, ni chauds, ni froids, puissants et capricieux.

La boule incandescente, dans son plongeon onirique, teinte de mille feux la surface de l'eau qui paraît à présent bouillante. On se demande si les navires marchands qui la traversent ne vont pas enfourner, leur coque de métal fondant dans cette lave orangée.

Mais, derrière, un nuage noir et fabuleux approche fièrement, chargé d'éclairs et de pluie. Il vient effacer ces couleurs vives, le temps d'un grain. Il vient gommer le vert des bois et des pâtures et charge de gris cette campagne fleurie. Le temps d'un grain.

Ça y est, le voilà. Le soleil déjà effacé a laissé place aux nuées, aux lames de pluie qui rayent maintenant l'horizon. Les branches des arbres ploient sous les rafales et luttent pour garder leur dignité. Le chant des oiseaux s'est évanoui, balayé par un souffle vrombissant, assourdissant. Les feuilles mortes tourbillonnent et enchaînent des danses étranges.

Et pourtant, malgré le vent froid et la pluie qui commence à traverser la moindre fibre de mes vêtements, je reste planté là, sur mon rocher, sur ma colline. J'attends qu'il passe. Emerveillé.

Plus un bruit. Le nuage noir est parti plus au Nord, emportant avec lui ses traînées. Me laissant avec la pénombre qui approche inexorablement. Seuls quelques jeunes ruisseaux me rappellent ce déluge éphémère.

Trempé, j'écarte une mèche humide tombant devant mes yeux et la glisse derrière l'oreille. J'entends l'eau couler sur cette terre calcaire. Je manque de glisser sur la craie ruisselante.

J'avance, lentement, vers la piste qui mène à Wissant, à 7 km de là, aux pieds de la baie.

Une chevrette égarée se tient, figée, à une vingtaine de mètres de moi. Immobile et fière, elle reste plantée là, à m'observer. Je ne bouge pas. Elle attend que je fasse les premiers gestes pour s'enfuir dans une suite de bonds silencieux. Je ne respire presque plus, de peur de la faire fuir. Je veux qu'elle m'oublie, qu'elle m'ignore et qu'elle reprenne sa vie. Qu'elle me laisse l'admirer, la comprendre. Je me couche au sol, oui, dans la boue. Je fais corps avec ma colline.

L'animal semble rassuré. Il s'approche, avance délicatement, jette un dernier coup d'œil vers moi. Puis s'en va.

Merci.

SCENE DE CAMPAGNE AU 22ème SIECLE

L'abreuvoir rouillé trône au milieu de la pâture. Une vache s'y désaltère, lapant lentement l'eau tiédie par un soleil d'août. La queue du bovin remue régulièrement et vient claquer sur le dos de l'animal.

En arrière-plan, j'aperçois l'éleveur remonter péniblement la colline, en direction de son troupeau. Autour de l'abreuvoir, une douzaine de vaches laitières arrachent copieusement l'herbe haute, usant de leur langue râpeuse et immense. A mesure que l'homme approche, une certaine excitation envahit les bêtes qui piétinent de plus en plus le sol aux touffes d'herbes arrachées. C'est l'heure de quitter la pâture pour passer la nuit à l'étable.

Le tintement des clés sorties de la poche de l'éleveur est le signe de ralliement. Chaque animal, qui se ressemble étrangement, s'oriente alors vers la barrière métallique qui vient de s'ouvrir. Le grincement des gonds rongés par le temps est l'ultime appel : les quelques vaches retardataires se précipitent en un trot rythmé et couvert par les meuglements de leurs congénères. La poussière vole de sous leurs sabots et efface leurs silhouettes menées par un homme fatigué par la chaleur.

La grille se referme dans un grincement métallique. La poussière redescend doucement comme pour clore cette image champêtre et laisser place au silence absolu.

Le silence.

Pas de vent. Toujours cette chaleur. Ce silence ! Seule ma respiration, pénible, vient animer l'instant. Pas de chant d'oiseau. Pas de grenouille ou de crapaud. Pas de mouche, pas de moustique, pas d'insecte en tous genres. Pas d'eau qui coule hormis le mince filet jaunâtre qui vient alimenter l'abreuvoir. Pas de vie animale. Aucune. La seule qui existe, c'est ce troupeau cloné qui vient de disparaître derrière l'homme.

C'est la campagne d'aujourd'hui, sous 45 degrés, quelque part en France.

UN NOUVEAU MONDE

J'aime cette sensation. Je flotte. Le vent me porte et m'emporte avec lui, dans des couloirs vertigineux, dans les moindres sillons des troncs, dans les nervures des feuilles. J'entraîne avec moi leurs parfums pour me poser, un temps, sur cette grosse fleur rouge, là, juste en bas. J'y reste un instant. La douceur y est apaisante.

Puis je repars, soufflé par une brise, chahuté par une bourrasque qui m'enveloppe dès que possible dans un drap nuageux rosé par l'aurore, percuté par endroits par des becs à plumes impolis et…

Je rêve ? Pourquoi suis-je à présent enfermé dans cette goutte salée dévalant une houle montagneuse qui me jette sur ce rocher difforme ? Je glisse, je file comme aspiré par un puissant ressac mais le vent, mon ami, me récupère à nouveau.

Je ne rêve pas.

Ne pleurez pas, mes chéries. Je suis là. Je vous vois, là, en bas, faire votre balade sur la digue. Soyez heureuses mes filles.

Discrètement, dans un souffle d'air, je vous accompagne et vous suis, de là où je suis.

Dans mon nouveau monde.

UNE VIEILLE DAME

« TNT. C'est pour Toutes Nullités Télévisuelles ? », lance Lucette à Gigot qui la regarde avec son sourire toujours aussi moqueur. « C'est pas Dieu possible de devoir subir ces insanités : voilà qu'ils font une émission sur les Chtis en vacances. Ben dis-donc, regarde-là celle-ci avec son nombril à l'air ». Elle se rapproche de l'écran, en plissant les yeux. « Mais bon sang, qu'est-ce qui brille comme ça sur son nombril ? … Mais… c'est un porte-clefs ou bien ? C'est ça qu'on appelle un « pressing » ? Le miaulement de Pissou semble le confirmer. Carpette, allongé sur la télévision, laisse pendre une patte devant l'écran. « Carpette, bouge ta patte, j'arrive pas à voir si le porte-clefs qu'elle a dans le nez est assorti à celui du nombril !».

Un plateau est posé sur le canapé, à côté d'elle. Une tranche de jambon blanc laisse sortir une couenne, entre deux tranches de pain de mie. Un ballon de rouge trône sur la table basse. La bouteille n'est pas loin.

Une soirée télé chez Lucette, c'est un rituel : un jambon-beurre, deux ou trois cornichons, quelques ballons de rouge. Chaque geste a son importance pour préparer tout cela : le beurre, avant de le tartiner, doit être sorti du frigo 30 minutes avant « pour éviter les boulettes trop dures et qui trouent la mie ». Le jambon doit avoir été coupé finement par Bruno, son boucher. « Deux tranches coupées finement, pas des semelles de cheval comme la dernière fois ! ». La tranche rose roulée entre deux pains de mie, elle ajoute toujours deux ou trois cornichons coupés dans le sens de la longueur. Avec une pointe de moutarde mi forte à chaque bouchée, c'est le bonheur. Le pot de moutarde a donc sa place sur le plateau. Celui-ci est posé sur le canapé à sa gauche et à la droite de Gigot qui attend le moment où Lucette découpe soigneusement avec ses dents la couenne qui dépasse, en respectant parfaitement le contour du pain. La gardant dans la bouche, elle la ressort en la faisant glisser entre ses dents et la pose délicatement dans une petite assiette, face à lui. Elle aurait aussi bien fait de la découper auparavant, mais elle adore sentir glisser le gras entre ses fausses dents.

Le verre ballon et la bouteille de rouge sont posés sur la table basse.

A chaque bouchée du sandwich, Lucette saisit son petit ballon de rouge et s'en verse une rasade « pour faire glisser tout ça ». Sauf qu'il lui faut bien dix bouchées pour terminer son dîner. Sachant qu'en deux gorgées elle termine son verre ballon, c'est donc cinq verres de vin qui l'accompagnent. Mais au bout du troisième, sa vue lui fait défaut. Ses oreilles aussi. Elle augmente le volume du téléviseur, ce qui fait frétiller les oreilles de ses chats. Et elle se met à zapper frénétiquement. Son visage se crispe d'image en image, de nullité en nullité. Au fur et à mesure qu'elle zappe pour arriver à la 378ème chaîne, elle s'avachit inexorablement au fond de son canapé, assommée par tant de bêtises. Et, dans un ultime sursaut, elle met fin à tout ce cirque en appuyant sur le bouton rouge sauveur de la télécommande.

Ce soir ne déroge pas à la règle. « Bon, mes p'tits salopards, je monte me coucher, j'en ai trop vu. La prochaine fois, je lirai un bon bouquin ».

Pissou, le premier, miaulant, se précipite pour se frotter aux jambes fatiguées de Lucette. Carpette, allongé sur le dos, dans un coin du salon, n'ouvre qu'un œil comme pour dire « ok, salut la vieille, mais laisse-moi dormir ». Gigot ronfle déjà depuis longtemps.

« C'est bien toi le plus affectueux, Pissou. Les autres, débarrassez pour moi le plateau ».

En montant les escaliers, elle se dit qu'il serait quand même bon d'aménager sa chambre au rez-de-chaussée. Chaque marche craque sous ses pieds, malgré son faible poids. Ou bien sont-ce ses chevilles qui craquent ? Les vapeurs de vin lui jouent des tours, et surtout l'endorment.

Vite, se coucher.

Dans son lit, après avoir lu cinq pages du livre du moment posé sur la table de chevet, Lucette aime se souvenir. Elle aime ressasser le fil de sa vie, laissant parfois couler une larme sur l'oreiller. Ses réussites, ses échecs. Ses regrets, ses déceptions.

Les yeux fermés, ses fines paupières laissant passer la lumière blanche des rares voitures qui passent dans la rue, elle s'évade vers ses plus beaux souvenirs et s'endort.

Souvenirs

La petite fille aux cheveux blonds, salés par un ultime bain de mer, est allongée sur sa serviette. Elle sent bon le sable doux et chaud. Elle y plonge sa main et fait glisser les grains entre ses doigts. Sur le ventre, la tête tournée vers la mer. Elle entend les vaguelettes mourir sur la plage. La voix grave et rassurante de Papa n'est pas loin. Le rire de Maman se mêle à celui d'enfants qui jouent au bord de l'eau, faisant preuve des plus improbables ingéniosités pour contrer la marée.

C'est Lucette. 5 ans.

Lucette, allongée sur le dos, la tête posée sur un vieux polochon, rêve, se souvient.

« Lulu ? Lulu ! Viens ma chérie on s'en va, réveille-toi mon cœur ».

La petite fille, encore endormie, gémit doucement. Elle tourne péniblement la tête et ouvre à peine les yeux. « Maman ». Les yeux bleus, un chignon laissant échapper des mèches brunes, la Maman de Lucette porte une robe blanche, les pieds nus. Elle s'éloigne déjà, traînant le chariot rouge rempli de jouets de plage : une pelle métallique, un râteau, une passoire, un petit bateau en plastique bleu, une épuisette et un seau. Des moules aussi, de toutes sortes : en forme de cornet de glace, de coquillage, de crabe, de bateau à voile.

La vieille dame esquisse un sourire dans son sommeil.

« Allez Lulu, on rentre à la maison ». Papa prend la petite Lucette sur ses épaules. De là-haut, elle peut

admirer toute la plage jusqu'au Cap Gris Nez. Au large, le soleil rougi par une journée caniculaire d'été plonge inexorablement dans l'eau,

« Attention ma chérie, baisse la tête on passe sous les pins » !

Lucette sursaute en sentant les épines de pins lui piquer le haut du crâne. Le chat aussi, en entendant la vieille hurler.

« Bon sang, tu m'as réveillée Pissou ! Arrête de venir faire tes griffes dans mes cheveux ! ».

Lucette grommelle en refermant les yeux et redoublant d'efforts pour revenir dans son joli rêve d'enfance…

« J'en étais où bon sang de bois ? ... Mmh, oui… ». Lucette sent déjà le souffle du vent de Sud-Ouest si caractéristique de la baie de Wissant. Ils y passaient tout le mois d'août. Chaque année ses parents louaient une petite maison dans les hauteurs du village.

Tous les samedis, elle se rendait au marché avec ses parents.

Lucette se souvient des mille senteurs du maraîcher, du fromager, du charcutier. Elle savait que si elle disait bien « bonjour » au boucher elle avait droit à une rondelle de saucisson à l'ail.

La petite fille tient fermement le pouce de son papa qui se faufile dans la foule.

— Elle est où Maman ?

— Elle achète des fraises, là-bas ! Allez Hop !

Tirée vers le haut, Lucette se retrouve à nouveau sur les épaules de son père. Des épaules larges et solides de Dunkerquois.

Tellement plongée dans ses souvenirs, la vieille dame sent presque le goût de la dizaine de fraises qu'elle avait mangées ce jour-là.

La voilà qui ronfle, la langue sortie comme celle de Pissou qui ronronne désormais sur le lit, contre ses jambes. Seul le tic-tac du réveil rythme cet instant tranquille.

Les rêves de Lucette. Parfois gais comme celui-ci. Parfois sombres aussi.

L'internet

« Tiens, quelqu'un me demande en amie ».

Lucette, depuis qu'elle avait accepté de se rendre aux cours d'informatique proposés par la mairie, avait découvert « l'internet » et les immondices des réseaux sociaux, le déversement boueux d'avis d'internautes tous aussi impertinents les uns que les autres. Mais ça l'amusait beaucoup.

Elle s'était créé un compte Facebook et, en photo de profil, avait mis un chat avec un bonnet de Noël. Ça l'occupait pas mal. Et ce dès le matin, comme une ado attardée : une main sur l'anse de son mug de café, elle avait la tête penchée sur la tablette qu'elle avait gagnée au seul concours de bridge auquel elle avait participé.

Son pseudo : « Lullubelle ».

Aujourd'hui, c'est *Laurent Houtan* qui la demande en amie.

« Quel peut bien être l'abruti qui se donne un tel pseudo ?? ... ». En y regardant de plus près, en « scrollant » les photos et en faisant glisser une à une les publications stupides du dit Laurent, elle reconnait le boulanger.

« Supprimer ».

Lucette se délecte des commentaires souvent désastreux des gens sur Facebook, au sujet de l'actualité. Elle se plie de rire en voyant qu'ils s'étripent derrière leur pseudo, comme des gosses qui balanceraient des bombes à eau dans la rue, cachés derrière la fenêtre du premier étage. Elle s'amuse aussi de constater que le niveau orthographique de ces « demeurés » semble proche de zéro.

Le grand sujet du moment, c'est la pandémie. Faut-il laver les masques chirurgicaux ? Faut-il faire porter un masque aux enfants ? Faut-il croire le Grand Professeur de Marseille ou celui de Lille, de Paris ou de Bordeaux ?

— Oui mais ouvrons les yeux, tout cela n'est qu'une vaste manigance des élites des Nations pour anéantir les pauvres devenus une main d'œuvre inutile face aux nouvelles technologies !

— Encore un coup de la franc maçonnerie catholique.

— Des incapables, j'vous l'dis !

— Libertéééé !

Finalement, lassée des débilités facebookiennes, Lucette éteint cet écran de malheur restituant la fange des brèves de comptoir.

« Au moins avant, pour écouter toutes ces âneries, il fallait se rendre au troquet du coin, s'accouder au zinc et lever le coude, à défaut d'élever le niveau des débats », se dit Lucette.

« Avant, aussi, on prenait le temps de s'installer dans un bon fauteuil, de prendre un livre et s'évader. Au lieu de ça, les gens s'abîment les cervicales, la tête baissée sur leurs écrans, l'esprit phagocyté par d'innombrables vidéos de chats ou d'animaux en tout genre, ou par des théories fumeuses de journalistes analphabètes comme Pra ou Pro, je ne sais plus, les débats stériles d'inconnus venus sur les plateaux télé, en s'autoproclamant spécialistes. Spécialistes du Rien, du Vide, du Néant, prêchant leurs saintes paroles, n'écoutant pas leurs interlocuteurs, s'interrompant les uns les autres, s'insultant presque mais se méprisant toujours, ne valant guère mieux que les discussions plates et débiles des séries de téléréalité.

De la téléréalité. Est-ce à cela que ressemble le monde d'aujourd'hui ? Un monde stérile ? Au discours policé, où il n'est pas bien vu de dire « noir », « blanc », « pédé », ou « nain », un monde où même au carnaval certains déguisements dérangent ».

Lucette se perdait souvent dans ses réflexions, ses questionnements malheureusement sans réponse, grommelant toute seule dans son salon, au milieu du ronronnement de ses chats.

Elle était de plus en plus lasse du monde dans lequel elle vivait. Internet, le terrorisme, la connerie des gens, la pollution. Le nivellement de la société, des politiques, des auteurs, des comédiens, des artistes, de l'architecture des villes, des commerces, de la musique, des humoristes. La méchanceté des gens, leur hypocrisie, leur bêtise, leur naïveté…

« Bon, j'vais aller faire une petite sieste, tiens ». Les petits grognements de la vieille accompagnent les ronronnements des chats désormais endormis. Un sur la télé, un sur le canapé, et le dernier…

« Eh bien, il est où Pissou ? Tu l'as vu Gigot ? ». Les moustaches de l'énorme chat frémissent un instant, en guise de réponse apparemment négative.

« J'aime bien dormir avec ce pot de colle sur les jambes, il me tient chaud ». Avec difficulté, elle s'assoit lentement dans un fauteuil à bascule aussi vieux que ses articulations. C'était dans ce fauteuil que Georges aimait lire.

« Pissouuu ! Viens mon chat ». La voix fluette attire Carpette mais pas Gigot, trop lourd pour descendre du canapé. La voilà avec ses bouillottes de poils sur les genoux, Pissou venant de rappliquer d'on ne sait où, jaloux de son congénère.

....

Aujourd'hui, c'est le 1er du mois de février. C'est aussi le jour de la pension. Lucette va pouvoir aller faire son marché. L'odeur du café réveille de vieilles mouches endormies sur le papier peint bleuté de la cuisine. Pas de chance pour certaines, elles se colleront bientôt sur le rouleau gluant pendu au milieu du plafond.

La télé cathodique diffuse les images catholiques du dimanche matin. La petite radio est restée allumée sur le plan de travail de la cuisine, et mêle les informations de 9h au discours du prêtre. Tout cela rythmé par le pendule doré de l'horloge.

De la fumée blanche s'évade du grille-pain, mais Lucette est trop lente pour débrancher à temps cette satanée machine. « Encore des tartines au charbon bon Dieu », marmonne-t-elle en faisant glisser péniblement ses chaussons troués sur le carrelage rouge. Sur la porte du frigo jaunie par les vapeurs de cuisine, un pêle-mêle de photos. Aucune ne représente des enfants, des petits-enfants, ou même des amis. Mais des chats, rien que des chats. Et des paysages de campagne. Sur le plan de travail aussi, il y a un chat, penché au-dessus de l'évier, lapant un filet d'eau coulant du robinet. Un autre traîne sous la robe de chambre rosée de sa maîtresse. Et le troisième s'étale de tout son long sur le canapé du salon, qu'on aperçoit de la cuisine, après la petite salle à manger.

Ses tartines noircies à présent étalées dans une assiette ébréchée, elle s'assoit en craquant par-ci par-là, faisant crisser les pieds d'une chaise branlante. Le bruit strident fait bouger les oreilles des chats qui plissent les yeux d'agacement.

Elle tartine lentement le pain noirci avec du beurre que Raymonde lui a apporté hier soir.

« Il est rance ce beurre », crache-t-elle. Mais comme elle n'a que ça, elle enfile en une bouchée la tartine. Le chat de l'évier, abreuvé, saute sur la table et manque de renverser le bol de café déjà presque froid. La vieille, dans un soupir d'énervement, fait comprendre au matou de déguerpir. Celui-ci s'exécute et fuit rejoindre son congénère du canapé du salon, en boule. Les deux matous se flanquent gentiment quelques coups de pattes puis s'endorment, dos à dos.

« Dites-donc, bande de faignants, vous n'iriez pas au marché à ma place, ce matin ? J'ai un mal de dos à faire retourner un mort dans sa tombe… ».

Le plus gros des trois chats s'appelle Gigot. Un chat blanc énorme, mou et lent. Il ne se dresse péniblement sur ses pattes que pour aller vider sa gamelle et pour saloper sa litière. Ce bon vieux Gigot, donc, ouvre un œil comme pour lui dire : « tu m'as bien regardé la vieille ? ».

Pissou, lui, est roux. C'est lui qui est toujours fourré dans les pattes de sa maîtresse. Toujours à miauler pour sortir pisser. Et quand on ne peut lui ouvrir la porte de la cour, il fait son affaire aux quatre coins de la maison.

Celui collé à Gigot, c'est Carpette. Constamment allongé sur le dos, contre Gigot. C'est sa bouillotte. Et toujours indifférent aux appels ou exclamations de Lucette.

« Regardez-vous, bande de sacs à purin, des faignants de base ». L'indifférence extrême de Carpette, l'apathie de Gigot et le miaulement incessant de Pissou rappellent soudain à Lucette qu'ils ne sont « que trois abrutis ».

Mais cela ne l'empêche pas de leur faire un petit câlin, avant de s'endormir seule dans son lit froid. Comme hier, comme chaque soir, lorsqu'elle s'enfouit jusqu'aux yeux sous sa couverture à carreaux rouges et verts. Au bout de cinq minutes, « on peut être certain que l'un de ces abrutis rapplique en sautant sur mon lit ».

Ses deux tartines cramées et son bol de café avalés, la vaisselle empilée avec celle du dîner de la veille, voilà notre Lucette qui s'attaque à l'ascension de l'escalier. Sa voisine Raymonde lui a toujours conseillé de faire installer une salle d'eau et son lit au rez-de-chaussée mais, que voulez-vous, on ne change pas l'entêtement d'une vieille dame de 94 ans.

Saisissant d'une poignée ferme la rampe d'escalier, la voilà à lever les genoux, marche après marche, bien décidée à atteindre l'étage où se trouve sa salle de bains.

« Nom d'un chien, Pissou, qu'est-ce-que tu fabriques dans mes jambes !! ». Pissou, répond par un miaulement qui se termine en un gémissement. Sa maîtresse vient de lui marcher, volontairement, sur la queue.

« Bon sang, bande de faignants, vous m'avez rajouté des marches cette nuit ou bien ? ».

Enfin arrivée à la salle de bains, elle s'assoit un instant sur le tabouret, face à la glace du lavabo. Sa respiration retrouvée, elle fixe son reflet dans le miroir : deux rides vertigineuses séparent ses yeux qui devaient être autrefois rieurs. De beaux yeux d'un bleu profond.

« C'est bien tout ce qui est beau chez toi, ma pauvre vieille ».

Sa bouche, qui a perdu de sa pulpe, est tirée vers le bas par des commissures asséchées. Ses cheveux ébouriffés par une nuit de rêves et de souvenirs, sont d'un blanc éclatant, ce qui donne finalement un peu de gaîté et de fraîcheur à ce visage fatigué par le temps, et par une vie bien remplie.

« Regarde-toi, ma pauvre fille. Tu es là, devant ton miroir, à encore vouloir te faire belle. Pour qui gamine ? Pourquoi ? Qu'est-ce-que ça me fatigue de devoir m'habiller ! »

D'un geste étonnement vif, elle reprend son dentier qu'elle venait de tremper dans un verre d'eau qui ne semble pas avoir été vidé depuis qu'elle porte ce joli râtelier. Une fois ses fausses dents en place, la voilà qui s'extirpe de sa petite salle de bains, en direction de l'escalier. « Du brin, j'y vais en pyjama ».

Et c'est reparti pour une descente vertigineuse de l'escalier. « En descendant, la difficulté c'est de ne pas glisser avec mes pantoufles. Et de ne pas me prendre les pieds dans ces catroles* de malheur ! » Le cri aigu lancé par la vieille laisse résonner un instant les verres en

---

* Chats

cristal exposés sur une étagère, dans le couloir de l'entrée.

Une fois en bas, aux pieds de l'escalier, Lucette se dit :

« Oui, mais si je croise la Raymonde dans cet accoutrement, ça va être un festival de réflexions : *et qu'est-ce-qui vous arrive, Lulu, on se laisse aller ? Faudrait voir à vous renseigner pour un EDAP.*

Un EHPAD, morue !! – Oui, un EHPAD, mais vous êtes toujours aussi aimable ma parole ! ».

Elle imagine déjà l'air faussement apitoyé de sa voisine. C'est vrai qu'elle peut être agaçante la Raymonde, avec « ses grands airs ». Ce que n'aime pas Lucette, c'est qu'elle semble toujours s'intéresser à elle mais surtout à ses déboires, à sa solitude et à sa tristesse. Et surtout, elle avait eu le béguin pour Georges, son Georges. Mais Lucette sait bien qu'il lui avait toujours été fidèle. « Surtout avec cette grande mégère, avec ses jambes aussi arquées que l'Arc de Triomphe ».

Et rebelote pour une seconde ascension : « nom de nom de nom de nom de Dieu de nom de Dieu ». Les trois chats, aux pieds de l'escalier, sont là à regarder monter leur maîtresse, péniblement. Gigot a toujours l'air de sourire. Un de ces sourires narquois si caractéristiques des chats. Sauf que chez Gigot, ce sourire est accentué par sa canine gauche constamment à l'air libre. En son jeune temps, il avait laissé une babine dans une bagarre. Carpette, lui, se lèche sagement la patte. Et Pissou ? Il miaule.

Arrivée à l'étage, elle se pose un instant – cinq bonnes minutes – sur la chaise en paille du palier. Le cliquetis des pattes de Pissou approche avec son éternel miaulement. « Bon sang, mon Pissou, je suis de plus en plus essoufflée. Allez, hop, direction la chambre ».

La chambre de Lucette : un grand lit aussi haut qu'un poney, avec au moins cinq couches de couvertures à carreaux. De chaque côté du lit, aucune table de chevet, mais deux colonnes de livres en haut desquelles se trouvent des lampes aux pieds de bouteilles de Whisky venues d'Irlande. C'est Georges qui les avait fabriquées. Il disait chaque soir : « allez, on va s'en jeter un p'tit, comme ça je te ferai de belles lampes de chevet quand les bouteilles seront finies ». Et au bout de plusieurs semaines tout de même ils les avaient finies.

Les colonnes de livres étaient composées aussi bien de romans à l'eau de rose que de classiques comme Baudelaire, Rimbaud, Hugo, mais aussi de numéros de Rustica, ou bien encore de vieux journaux : Gala, Voici, et toutes sortes de « papiers chiottes ». C'est sa bibliothèque. Elle seule a le secret pour se saisir d'un exemplaire sans faire s'écrouler toute la colonne. Aux fenêtres qui donnent sur la rue, de lourds rideaux d'un vieux rose, qui autrefois devaient être rouges, mais aujourd'hui passés par le soleil et le temps.

A gauche de la fenêtre, une commode en acajou. Un peu piquetée vers le bas par les vers, mais une belle pièce quand même. Elle ouvre le tiroir du haut, celui des robes. « C'est jour de marché bon Dieu, et si je croise la Raymonde, elle verra que je ne suis pas encore au fond du trou et que j'ai pas besoin d'EDAP ».

Elle sort alors une robe verte à fleurs jaunes. Elle enlève péniblement sa robe de chambre, s'assoit sur le lit, ôte ses pantoufles en les envoyant valser au bout de la pièce et, allongée sur le dos, restant les jambes à moitié levées vers le plafond malgré son arthrite, se plie comme une vieille branche, grinçant de tous côtés. Saisissant la robe qu'elle avait posée sur le lit, elle enfile, pied après pied, jambe après jambe, la loque par-dessus sa chemise de nuit. L'opération se ponctue par des gémissements, des « Nom de Dieu de nom de Dieu », des soupirs d'agacement, mais elle y parvient enfin. Se relevant, encore un peu moins droite qu'avant, elle se pose devant la glace de la grande armoire normande.

« Ben dis-donc, on dirait un vieux poireau avec ta robe verte et tes cheveux blancs en pétard. T'en as même l'odeur, tiens ». De retour vers la commode, elle saisit une fiole de parfum et s'en asperge au-dessus de la tête pendant trente bonnes secondes. Mais l'alcool du sent-bon tombé sur les cheveux glisse à présent sur les croûtes du cuir-chevelu causées par les griffes de ses maudits chats (Pissou avait une forte tendance à fourrer ses pattes dans la tignasse blanche, pendant le sommeil de Lucette, ou pendant qu'elle regardait le Journal Télé, ce qui avait pour effet de la faire sursauter, ainsi que Pissou et ses congénères).

« AAAAaaaaahhh ça pique bon dieu !! ». La pauvre Lucette, les mains dans les cheveux, se met à trépigner, sautillant au milieu de sa chambre comme une petite fille, faisant osciller le plancher sous son poids.

La douleur passée, elle enfile ses baskets blanches à scratchs. « C'est laid mais c'est confortable. Et elles m'aideront à faire les 500 m qui me séparent de la place Turenne. Pas question de prendre le bus avec tous ces chailles* et ces « pulls » jaunes qui traînent dans la rue ».

A peine sortie de chez elle, traînant tant bien que mal son cabas à roulettes, Lucette aperçoit un fourgon de pompier garé dans la rue. Le SAMU est présent aussi. Plissant les yeux pour mieux voir la scène qui se joue sur le trottoir d'en face, elle aperçoit Marie, la petite infirmière de Raymonde, adossée à la façade de sa maison, en face. La tête plongée dans les mains, la p'tite semble pleurer.

---

* Voyou

« Bon sang, il est arrivé quelque chose à Raymonde. Moi qui viens de passer deux heures à pester contre elle et à espérer ne pas la croiser… ».

Lucette, d'un pas timide, traverse la rue qui la sépare de l'habitation de Raymonde. Elle se faufile entre les badauds et les pompiers et rejoint Marie. Celle-ci, en la voyant, se jette dans ses bras.

— *Madame Raymonde est morte !*

Après avoir consolé la p'tite infirmière, qui minaudait face aux pompiers plus qu'elle exprimait son chagrin, Lucette rentre chez elle.

« Plus le cœur d'aller au marché moi ».

Assise dans son canapé, Gigot à ses côtés, Lucette reste bouche bée. Pissou sur les genoux, elle caresse l'animal lentement, du haut de la tête jusqu'au bas du dos. Tout doucement.

Elle regarde au loin et ne remarque même pas Carpette qui vient de tomber comme une pierre sur le parquet, ayant glissé de son perchoir, la vieille télévision cathodique.

Elle n'éprouve ni peine, ni joie. Elle est seulement déçue.

« Encore une qui s'en va. On ne peut pas dire qu'elle était ma préférée mais, finalement, la simple idée de m'adonner à des joutes verbales quotidiennement avec elle m'amusait ». Pissou miaule. Gigot ronronne. Carpette bondit sur son perchoir.

Lucette ferme les yeux et se souvient. L'horloge met l'ambiance.

Encore la semaine dernière, Raymonde était venue sonner chez sa voisine. Lucette reconnaissait entre mille sa façon insistante d'appuyer sur cette satanée sonnette.

« Nom de Dieu de nom de Dieu, que me veut-elle encore celle-là ! Et c'est à chaque fois que je viens de me poser dans mon canapé !! ». Cette fois-là, elle était venue lui apporter un peu de crumble.

« Elle était gentille, tout de même ».

Le tic-tac du pendule rythme à présent le silence qui flotte dans la pièce. Seul le ronronnement des chats accompagne le battement de l'aiguille. Qui insiste sur le temps qui passe.

Lucette ferme les yeux et se souvient…

Georges

Georges avait eu plusieurs petits boulots avant de devenir commercial pour une société de conception de matériel médical, société dans laquelle il avait évolué pendant 20 ans, avant de reprendre un commerce, son rêve.

Il avait suffisamment économisé depuis plus de vingt ans pour s'offrir la vieille boutique de quincaillerie au décès de son gérant. Il avait même acheté tout l'immeuble et y avait rénové trois logements. Il travailla dans cette baraque pendant des mois. Il revenait à la maison les mains calleuses, pleines de croûtes de peinture, les vêtements poussiéreux, les cheveux ébouriffés. Lucette s'énervait de le voir arriver aussi sale. Mais elle ne pouvait rien savoir, Georges tenant absolument à lui faire la surprise. Elle savait bien qu'il rénovait une maison mais n'avait aucune idée du commerce qu'il souhaitait lancer.

Et un beau jour, il amena Lucette sur le trottoir, face à l'immeuble (en réalité une ancienne maison bourgeoise à quatre niveaux) : au rez-de-chaussée, une devanture verte et une enseigne aux lettres bleues : « *Les histoires de Lulu* ».

Une librairie, avenue du Général Hoche, en plein cœur de Malo.

Lucette était touchée. Même gênée. Emue. Ce soir-là, ils avaient ouvert une bonne bouteille de champagne, étalé quelques livres au sol, et y avaient passé une nuit d'amour. Leurs quelques rides d'expression affichaient bien leurs 50 ans, mais leur attitude et leur spontanéité révélaient deux lycéens amoureux.

La stérilité de Lucette les avait, sans doute, d'autant plus rapprochés, quand d'autres se séparaient.

La librairie avait du succès. Georges se rendait disponible du mardi au samedi soir à 18h. Il y avait même installé une pompe à bière et un espace salon pour recevoir les clients qui étaient devenus des amis. Ils sont tous morts maintenant.

Il y avait notamment Roger, un Ingénieur d'Arcelor en retraite qui venait plus pour la bière que pour les livres. Du haut de ses deux mètres, son visage était gonflé par des joues bien rouges, piquetées par endroit de cicatrices d'acné. Quand il entrait dans la boutique, il poussait tellement violemment la porte qu'il faisait tomber le carillon, éjecté par le chambranle. « Tiens, c'est not' bon vieux Roger », s'exclamait toujours Georges. Après quelques blagues graveleuses, Roger passait la porte de derrière qui menait au petit salon, se servait une mousse et s'affalait avec un bon livre dans un des fauteuils club marrons. Le coussin était tellement usé et mou que son hôte s'y enfonçait dans un soupir de cuir.

Il y avait aussi les bourgeoises de Malo, forcément. Lucette et Georges en faisaient partie, mais à leur modeste niveau.

Il y avait la Raymonde, évidemment, toujours sûre d'elle, qui poussait la porte de la boutique surtout pour dragouiller Georges. Josiane aussi, une petite rousse montée sur ressorts, toujours à vouloir les livres les plus hauts perchés sur les étagères, ce qui avait le don d'exaspérer Georges.

Et puis il y avait tous les autres, les amis d'enfance.

Lucette se souvenait des soirées improvisées dans la librairie, le samedi soir.

A la fermeture de 18h, une autre clientèle arrivait, avec des plateaux de fruits de mer de « La Halle », la poissonnerie de la place du Minck, des planches de charcuterie, et quelques bouteilles de bière et de bon vin. Quand ils avaient encore faim, les plus gourmands allaient chercher un saladier de frites au Petit Journal, la brasserie du coin. Ils passaient la soirée là, à boire et manger, à rire et parfois à danser. Un lecteur CD chantait les musiques du moment : Queen, Cindy Lauper, U2. Les fumeurs allaient « finquer » dans la petite cour de derrière, encerclée de trois murs, au milieu du pâté de maisons, dont l'atmosphère demeurait chaleureuse et éclairée par une guirlande d'ampoules de couleurs. Dans la nuit, les jours de tempête, on entendait le bruit sourd des vagues qui s'écrasaient sur la plage, à deux cents mètres.

Certains débattaient de la prochaine et probable arrivée au pouvoir de Mitterrand. C'était au début des années 80. Ils avaient 50 ans et étaient heureux. Certains avaient des enfants en pleines études, d'autres des ados. Lucette et Raymond les rêvaient.

L'enterrement de Raymonde

« 10h30. Bon, je vais y aller quand même à cet enterrement ». Lucette s'étonne parfois elle-même. Elle n'aurait jamais cru s'émouvoir du décès de la Raymonde. A 90 ans, celle-ci s'était pris les pieds dans la nappe trop longue de sa table de cuisine. Elle s'était étalée de tout son long, mais la tête avait fini sur le coin de la gazinière. L'infirmière qui venait tous les matins lui donner ses médicaments (Raymonde n'y voyait plus grand chose, la pauvre), ne l'avait pas entendu crier « c'est ouveeeeert », après avoir toqué 3 fois. Elle était entrée et l'avait découverte dans une mare de sang.

Au fond, elle l'aimait bien sa voisine. C'était comme un jeu de s'engueuler avec elle.

« C'est vraiment trop con de se farcir la seconde guerre mondiale, d'avoir survécu aux coups de son abruti de mari et de crever sottement dans sa cuisine », avait pensé Lucette à l'annonce de son décès.

Les cloches sonnent. Elle monte progressivement les marches du parvis du Sacré-Cœur.

Elle passe le « porche ». L'odeur d'encens lui pique déjà les narines. « Bon sang il y a de moins en moins de monde aux enterrements », pense Lucette qui s'assoit au 10ème rang, loin derrière la famille proche composée des trois enfants de la défunte, de leurs époux et épouses et de huit petits-enfants.

Elle reconnaît son médecin, assis non loin d'elle. Le boucher, avec ses gros doigts boudinés, serre le dossier du prie-Dieu de devant. Il y a la fleuriste aussi, toute jeune, qui vient de s'installer. Lucette sait que Raymonde allait s'acheter une rose rouge chaque samedi, histoire de se rappeler les gentils gestes amoureux de son époux, mort également, peu de temps après Georges.

Les autres, des gens du quartier, d'anciens collègues. Une trentaine de personnes en tout.

Lucette, les fesses gelées dans cette église glaciale, se voûte exagérément, comme pour se mettre en position fœtale et se réchauffer. La tête baissée et le regard perdu sur les dalles de marbre, elle s'amuse à suivre leurs fissures créées par le temps. Et se perd dans ses pensées.

Combien de baptêmes, combien de communions, combien de mariages, combien d'enterrements ont été célébrés dans cette église ? Combien de « culs bénis » se sont retrouvés le dimanche matin à prier à genoux, dans le confessionnal, espérant que leur soit pardonnée leur nuit de débauche et de tromperie ? Combien ?

Combien de communiants ont cramé les cheveux de leur camarade de devant, tenant mal leur cierge ?

Autant de questions que Lucette se pose alors que tout le monde se tient debout, chantant l'Ave Maria.

« V'là la quête maintenant. Bon sang de nom de Dieu, je n'ai pas pris de monnaie. » Lucette, avec son intense regard bleu de petite vieille attendrissante, obtient de son voisin les quelques sous réclamés. Mais, maligne, elle garde bien au creux de sa main les 5 euros récupérés et, d'un geste trompeur, fait tinter les pièces du panier avant de fourrer au fond de sa poche les quelques sous, chipant un billet de dix euros au passage.

« Quinze euros, je n'aurai pas perdu ma journée ! ».

Lucette avait une dent contre l'Eglise en général. Autrefois relativement pieuse, elle éprouvait un dégoût profond non pas de la religion en tant que telle, mais des « cul-bénis » dont l'hypocrisie n'avait d'égal que l'indifférence du prêtre de la Paroisse lors de la mort de Georges. Le prêtre de l'époque n'avait pas daigné apporter son aide lors de l'incendie de leur maison.

Lucette s'était retrouvée à la rue. Seule la Raymonde lui avait proposé le gîte, en attendant de retrouver un logement. Alors, elle lui devait bien ça, de venir à son enterrement. Beaucoup d'autres du quartier, qu'elle croisait régulièrement à la messe, ne lui portèrent guère que quelques pommes de terre.

Lucette et Raymonde s'entendaient à merveille jusqu'à ce que Raymonde lui laisse croire qu'elle avait eu une liaison avec Georges. Lucette ne l'avait pas supporté et ne voulait pas y croire.

L'organiste, *pour la sortie de messe,* se met à jouer Chopin, Prélude Numéro 4. Une larme coule sur un des nombreux sillons de la joue de Lucette, pour terminer dans son cou et la glacer encore un peu plus.

A la sortie de l'église, la famille lui propose de venir prendre un verre et se restaurer chez leur défunte mère, après le cimetière.

« Oui, merci, très aimable ». Lucette se sent bien seule après cette épreuve surprise. Pleurer à la mort de Raymonde, celle contre qui elle pestait chaque jour. Bah, même si elle trouverait bien quelqu'un d'autre contre qui s'énerver, elle était contente de revenir chez sa vieille copine, une dernière fois.

On la laisse s'asseoir près du buffet, dans la salle à manger, dans un grand fauteuil Voltaire. Certains ont encore les yeux un peu rougis par la tristesse.

« Enfin, bon, elle avait quand même 90 printemps la Raymonde ». En se servant un petit ballon de rouge et un pain au lait au jambon, Lucette se dit qu'elle aussi finirait bien par y passer. Mais qui sera présent à son enterrement ?

Assise dans son fauteuil au dossier immense, elle observe. Qui est véritablement ému et triste de la disparition de Raymonde ? A qui va-t-elle manquer ?

« Certainement pas aux deux morveux qui prennent ma canne pour un fusil ».

— Tu veux que je dise à ta Maman que je t'ai surpris farfouiller dans la chambre de Tata Raymonde ?

Ses yeux grossis par ses doubles foyers lui donnaient un air de sorcière. Le gamin comprend et repose la canne contre l'accoudoir du fauteuil.

« Ses enfants paraissent tout de même malheureux », pense Lucette. Mais qui sont les autres ? Aux enterrements, il y a toujours les charognards qui n'ont que très rarement pris des nouvelles de « leur proche » aujourd'hui défunt et qui, le jour des obsèques, s'apitoient sur leur sort. Ils rôdent, d'abord autour du corbillard, à la sortie de la cérémonie, simulant presque une larme sur la joue. Ils passent et repassent devant la famille endeuillée, se montrant, mimant un air tristement abattu.

Puis on retrouve les plus malins pour la réception après le passage au cimetière. C'est l'occasion de boire les bons vins des « grandes occasions » et de manger un morceau.

« Après tout, moi aussi je suis une charogne. J'en profite bien, il est bon leur pinard. Mais je suis triste tout de même. Avec qui je vais m'engueuler maintenant ? ».

Sur cette pensée, Lucette s'assoupit, devant la famille de Raymonde et dans son fauteuil. Une fois de plus plongée dans un bain de souvenirs.

« Juste un Gigolo. C'est tout ce que t'es ! ». Louis Prima fait tourner la jeune Lucette qui vient de balancer ce petit jeu de mots à son cavalier, Georges. Ils ont 25 ans. C'est le mariage d'amis d'enfance, Léon et Emma. Les couleurs des chapeaux de femme, les mille bougies et guirlandes accrochées çà et là virevoltent autour des nouveaux amoureux, le champagne et le vin embrumant légèrement la scène.

Le regard de Georges ne quitte pas les yeux de la jeune fille. Plantureuse, la taille affinée par un magnifique corset blanc, les cheveux blonds.

— Arrête de me faire tourner comme ça ! Le champagne me monte à la tête !

Georges, au final de Louis Prima, tire par le bras la jeune Lucette et l'emmène au parc, riant tous les deux comme des enfants.

La vieille dame esquisse, un sourire malicieux.

— Lucette, on se connaît depuis le collège, on a connu cette foutue guerre, on est vivant bon sang !

— Ben je sais qu'on est vivant ! T'as trop bu toi !

— Je veux dire que je ne me sens jamais aussi vivant qu'avec toi…

L'air frais et printanier que la fenêtre ouverte du salon laisse passer s'invite au rêve de Lucette qui se croit retourner 70 ans en arrière, dans ce parc, avec les cris et les chants des convives et des mariés faisant la fête, dans la grande salle du Manoir de Cassel.

— Veux-tu m'épouser, Lucette ?

Sans hésitation elle avait dit oui. Un immense OUI !

« Oui !! » hurle Lucette, sortie de son rêve par le fils de Raymonde qui vient de lui demander si elle voulait une part de tarte aux pommes, en lui remuant la main comme s'il voulait s'assurer qu'elle n'était pas morte.

Il sursauta quand elle ouvrit les yeux en hurlant « oui » !

Lucette rit derrière son ballon de rouge qu'elle vient de se servir, les yeux débordant de malice et les pommettes rosées par le doux nectar.

....

L'horloge sonne et indique 10h : Après une brève toilette, un gant rêche passé sur la figure, un fichu gris sur la tête, plaquant ses cheveux blancs bouclés, elle se remet à dévaler les escaliers et s'empare de son ciré accroché au portemanteau bancal du couloir. Sans oublier la canne de Georges, posée contre le mur.

Ils avaient tous les deux l'habitude de partir au marché ensemble, à l'époque tous les mardis, à 10h précises. « Parce qu'après, il y a les mères de famille qui se pointent avec leurs rejetons et qui te doublent dans la file d'attente du fromager ».

Ça faisait 8 ans que George était parti. Elle n'avait que lui. Et les seuls souvenirs qu'elle en avait lui restaient à l'esprit. Plus aucune chemise, ni de gilet, ni de montre ou bijou, pas même une photo : tout avait brûlé avec lui, dans leur maison 1930 de Rosendaël. Fuite de gaz. Explosion. Incendie. Puis plus rien, si ce n'est cette canne au pommeau à tête de chien, qu'elle avait récupérée dans la R21. Elle avait retrouvé une maison plus petite, toujours des années 30, à la limite de Malo et de Rosendaël, rue François Tixier, grâce à l'argent de l'assurance et aux économies du couple. Financièrement, Lucette s'en sortait bien. Elle avait gardé l'immeuble de rapport avec les trois logements qui étaient loués mais les avaient vendus assez vite. Trop de contraintes. La librairie n'existait plus. Le local était occupé par un médecin.

L'aigreur s'était emparée de cette petite vieille, comme l'enveloppant d'une armure invisible. Ses amis étaient morts, elle n'avait pas de famille. Les voisins ? La pauvre Raymonde n'était plus de ce monde. La messe ?

« Que des tas de parvenus, cathos hypocrites ». Le curé, n'en parlons pas.

Seuls ses chats avaient de l'importance à ses yeux. Et ses souvenirs.

Elle attendait, patiemment, que la mort la prenne. Elle n'avait plus beaucoup d'illusion, la vieille. Même son médecin avait foutu l'camp, et « les jeunes arrivant ne prennent plus de vieux patients. Forcément, si c'est pour les perdre au bout de 6 mois ! Jeunes cons ».

Et c'est parti pour les 500 mètres séparant sa maison de la Place Turenne, où le marché se déroulait tous les dimanche matin.

Lentement mais sûrement, Lucette avance sur le trottoir encore détrempé après les pluies nocturnes. On dirait qu'elle glisse en « moonwalk », mais en marche avant. Ses baskets à scratchs glissent parfaitement sur les dalles blanches mouillées.

« Bon sang, j'avance plus vite sur un sol mouillé, faudrait presque que je me trimballe avec mon pulvérisateur, j'en aspergerais le trottoir avant chaque pas ».

Lucette, la tête baissée, traînant son cabas bringuebalant derrière elle, évolue sereinement lorsqu' un bobo en trottinette arrive dans sa direction. « Nom de Dieu de Nom de Dieu cet attardé va me rentrer dedans avec son jouet d'enfant ! ». Le quadra aux cheveux longs, arrivé à la hauteur de la vieille grincheuse, se fait surprendre par le changement inattendu de direction de Lucette qui, faisant semblant de rien, lui coupe la route au milieu du trottoir. L'homme dévie sa machine et se prend inexorablement et lamentablement un arbre. Le cul à terre et la trottinette désormais sur le capot d'une voiture garée, le bobo en reste la bouche ouverte, comme un gamin qui vient de se prendre une claque. Lucette jette un regard amusé et moqueur vers sa victime et continue sa route.

« Il s'est bien ramassé ce jeune con, haha ! J'aime bien aller au marché… ».

Autrefois, en y allant avec Georges, Lucette aimait s'arrêter *Au bon Coin*, la meilleure brasserie de Malo. Ils y prenaient un p'tit café. Et parfois, au retour des courses, ils se prenaient un ballon de vin blanc et un Picon. Et ils étaient là, à se marrer avec le père Henri, le patron de l'établissement. Celui-là savait que s'il leur payait le 3ème verre, la Lucette et le Georges, ils resteraient forcément déjeuner. C'est vrai qu'ils avaient le temps. C'était dimanche, ils n'avaient pas d'enfants. Ils ne pouvaient pas en avoir. L'immense regret de Georges, la tristesse infinie de Lucette.

Aujourd'hui, Henri est mort depuis longtemps. Et le Bon Coin n'existe plus : sa jolie terrasse avec ses chaises en osier, ses tables rondes autour desquelles se trouvaient de joyeux Dunkerquois, des familles, des amis, des pochtrons, les cris des gamins qui couraient autour, les serveurs qui leur gueulaient dessus, le parfum des frites fraîches servies dans de grands saladiers, l'odeur d'une bière renversée par la queue agitée du vieux chien du patron, tout cela n'existe plus.

Aujourd'hui, une grande façade jaune et blanche, lisse, a remplacé la chaleureuse devanture du restaurant en briques rouges, les fenêtres à petits carreaux derrière lesquels pendaient des rideaux rouges et blancs, et l'enseigne en bois gravé « au Bon Coin ». Ça sent toujours la frite, mais surgelée. Ça pique aux yeux. Et il n'y a plus d'ambiance, les gens font la queue pour récupérer des mini cornets de frites, ou de « potatosses », ainsi que leurs sandwiches à la viande servis dans des boîtes en carton. Les gamins obèses en ont généralement plein la tronche, et se battent pour avoir un ballon avec un clown désarticulé dessus. Les parents ne boivent même plus de petite bière. Ils ont la tête vissée sur leur téléphone portable, cherchant avec leur grosse langue l'embout de leur paille en plastique trempée dans un soda marron.

« Quelle misère » se dit Lucette en passant devant.

....

La voilà face au fromager. Enfin, son fils. Son fromager, qu'elle avait connu à son arrivée dans le quartier n'était plus de ce monde. Mais le fiston avait repris l'affaire du paternel et ça, elle appréciait.

— Comme d'habitude Madame Lucette ? Une pointe de brie et une de comté ?

— C'est ça gamin, comme d'habitude. Tu me retires les croûtes du comté, tu seras gentil.

— Bien M'dame. Le fromager s'exécute, manipulant avec ses grandes paluches le couteau à large lame. Il s'empresse d'ailleurs de récupérer les croûtes pour les fourrer subrepticement dans sa bouche pâteuse. « Combien de ces trucs puants avale-t-il chaque jour nom de nom ? ».

Après avoir tassé le tout dans son cabas, elle se dirige à présent vers le maraîcher, à l'autre bout de la place. Elle se fraye un chemin entre tous les étalages de loques, les artisans, les maraîchers et les « emmerdeurs du dimanche ». Avant, le marché avait lieu le mardi matin et il n'y avait pas tous ces bobos de Malo-les-Bains ! Ils bossaient, à cette heure ! ». Lucette était un peu dure avec les malouins. Elle en était une, de bourgeoise, à l'époque.

C'est à quelques pas du maraîcher qu'elle aperçoit un garçonnet d'à peine 8 ans la fixer dans les yeux. Il est planté là, au milieu de la foule, droit comme un « i ». Elle passe à côté de lui en faisant mine de ne pas s'y intéresser. Mais, du coin de l'œil, elle se rend compte qu'il la fixe encore, tournant la tête à mesure qu'elle s'éloigne. Son regard persistant pèse sur son dos, comme s'il la touchait.

Arrivée face au maraîcher, elle contemple béatement les tomates, bien rouges, les haricots, bien verts, les courgettes, luisantes, les carottes, sablées. Elle sent toujours le regard insistant du gamin derrière elle. Elle se retourne le plus brusquement qu'elle le peut (ses cervicales se font sentir en 4 petits claquements). Il est toujours là.

Il porte une veste de feutre brun trouée aux coudes, une culotte courte noire, des chaussettes noires dans des bottines marron, et un béret noir, nonchalamment penché sur son large front. C'est étrange. Son allure et ses loques n'ont absolument rien à voir avec celles des enfants d'aujourd'hui. On dirait que ce con-là a fouillé dans le coffre de son vieux grand-père et qu'il s'est fagoté avec ses vêtements de gosse.

Après avoir rapidement fait sa commande au maraîcher et fourré les paquets dans son sac, elle s'avance vers le garçon qui la fixe toujours. Plus elle s'approche, plus le visage fripon du gamin lui rappelle quelqu'un. Un petit nez fin, une bouche bien rose, un large front caché derrière une mèche de cheveux blonds et un béret, des oreilles décollées. Un regard doux et à la fois malin, comme s'il préparait une mauvaise farce à un copain. Le plus étrange, c'est que personne d'autre au marché n'y prête attention. Comme s'il leur était invisible. Les gens passent à côté de lui, traînant leur cabas ou leur panier en osier.

— Mais bon sang pourquoi tu me regardes comme ça gamin ?

Pas de réponse.

— N'aie pas peur, je ne vais pas te manger, j'n'ai plus que 6 dents !

Il sourit. Un sourire d'ange. Ou de démon ! Le même sourire que son Georges. Un large sourire et des yeux qui se ferment en même temps. Son petit nez qui se plisse malicieusement. C'est lui, c'est Georges.

Elle s'approche un peu plus encore du garçonnet : « Comment t'appelles-tu gamin ? ». En guise de réponse, il continue à sourire, presque naïvement. « Non mais réponds nom de nom ! ».

Une passante s'arrête à la hauteur de la vieille dame quelque peu agacée, presque tremblante d'énervement.

— Vous vous sentez bien Madame ? Madame ?

La vieille tourne la tête vers son interlocutrice, une belle femme d'environ quarante ans, serre-tête, cheveux châtains, ballerines bleu ciel, sac à main Chanel, petite croix autour du cou, panier en osier « fait main » acheté sur Internet, jean délavé avec soin.

— Vous n'avez pas un footing à faire sur la digue ?? Au lieu d'importuner une vieille dame ?

Elle remarque la tête déconfite de la mère au foyer s'en aller en courant, manquant de peu de faire tomber les poireaux de son panier.

— Non mais regarde pour qui tu m'fais passer, p'tit con ! Une vieille folle ! Désagréable en plus!

— Désagréable, t'as pas besoin de moi pour être désagréable visiblement.

La vieille, bouche bée, laisse apparaître trois de ses six dents. Le gamin venait de lancer cette phrase avec la vivacité d'esprit de son Georges.

Ça faisait longtemps qu'elle n'avait pas senti une larme de joie couler sur sa joue. Georges. La voix était fluette, mais c'était bien la même intonation.

Elle lui prend vivement la main, marmonnant : « viens avec moi Georges, nom de nom. Et tu vas m'faire le plaisir de m'expliquer ça ».

De retour à la maison, voilà le couple attablé dans la cuisine. Le ruban à mouches pendu au-dessus de la table tourbillonnait dans le courant d'air créé par la fenêtre ouverte. La vieille, un verre à moutarde à la main, une bouteille de rouge de l'autre, a toujours la bouche ouverte, les yeux fixés sur le gamin qui avait posé son béret devant lui. « J'veux bien un coup à boire, tiens. ».

Lucette lui répond qu'ce n'était pas pour les morveux. Et elle se sert deux belles lampées du nectar rouge vif, qui fleure plus le vinaigre que le grand cru.

— Alors, tu me donnes une bonne explication. Si c'est l'cas t'auras ton verre de rouge.

— C'est bien moi, Georges. T'es pas folle, ma Lucette. T'es devenue désagréable, mais pas folle (une troisième lampée). C'est juste que tu es morte, ma pauvre Lucette. T'es tombée raide morte au milieu du marché d'Malo, au milieu de tes choux fleurs, de tes chicons et de tes pommes de terre, la tête dans un sac de haricots. La brave dame de tout à l'heure, elle voulait juste t'aider. T'es morte ma Lucette.

Lucette, les yeux rouges, n'avait plus mal au dos. Plus mal aux pieds. Plus mal à la hanche. En se servant son quatrième verre, elle remarque quelque chose d'étrange. Sa main. Plus petite, la peau plus ferme et douce. Et elle respire mieux.

— Bon sang, c'est cette piquette qui me fait halluciner ??

Même sa voix change tout à coup, moins grave, plus douce, plus aigüe.

— Non Lucette. Je te retrouve enfin. Ta frimousse, tes yeux rieurs. Ta peau rosée. Enfin, arrête la vinasse, tu vas devenir aussi rouge que ta bouteille.

La Lucette, elle est en train de rajeunir.

— Tu es bel et bien morte, ma Lucette. Et je t'attendais. Ça fait huit ans que je t'attends. Huit ans que je t'observe dans ta cuisine, avec tes chats et tes torchons. Huit ans que je t'observe chantonner nos chansons préférées. Huit ans que je m'endors à tes côtés, tentant de te serrer fort dans mes petits bras. Huit ans que j'essaie de te consoler dans tes rêves. On va pouvoir recommencer.

Les larmes ne cessent de couler sur les joues fraîches de Lucette, ayant à présent le bras trop court pour atteindre la bouteille au milieu de la table.

« C'est donc ça, la Mort. Ben c'est pas si terrible, finalement. On se ramasse par terre comme si de rien n'était. On passe d'un état à un autre aussi facilement. Je ne peux pas l'croire. Je ne crois en aucun Dieu, en tout cas plus maintenant, je suis désagréable avec tout le monde depuis le départ de Georges, je n'ai pas de gosses, plus de famille. Et je meurs là, tranquillement au marché, à l'âge de 94 ans ».

SCENE DE FAMILLE

Je suis allongé. Je ne vois rien, un voile me cache la vue. Je dois être dans la cuisine ou la salle à manger. Je sens une bonne odeur de poireaux et de pommes de terre. On me déplace encore. Une voix rauque hurle : ce doit être le vieux qui s'est pris les jambes dans le landau. J'entends : « ah, ce sale morveux, y'en a marre, sacré nom de Dieu ! ». J'ai toujours eu l'impression d'être le bien venu ici.

Voilà que mon lit roulant est orienté de telle façon que, le voile ayant été soulevé, j'ai une vue parfaite du tableau familial. Une vue parfaite de la vie que je commence à mener. Si vous le voulez, vous pouvez m'accompagner. Je serai moins seul…

Ils sont trois attablés. Le vieux, celui qui râle tout le temps, c'est mon grand-père. Il se trouve au bout de la table. A moitié affalé sur son assiette, il apporte péniblement sa cuillère à sa bouche édentée et aspire dans un bruit de reptile sa purée. Du vin lui coule encore au bout du menton. Les verres de ses lunettes sont embués, ce qui accentue la répugnance de ses yeux glauques.

A sa droite, ma mère. Elle mange tout en regardant son insanité de téléfilm, ce qui laisse le temps à la purée et aux poireaux de se répandre sur sa bouche et couler dans son décolleté qui découvre une poitrine engraissée. Ses cheveux luisants tombent dans son assiette. Ils se prennent parfois dans sa bouche, emmenés par sa cuillère. Mais elle ne s'en rend pas compte. Elle est captivée par la télé, la raison détournée par le vin.

Mon père n'est pas là. Il est parti à ma naissance. Je ne l'ai jamais vu.

Celui qui le remplace, c'est un gringalet assis à la gauche du vieux. Il a déjà fini de manger, lui. Mais pas fini de boire ! Il y a déjà quatre canettes de bière vides autour de son assiette et il se relève pour farfouiller dans le frigo et en sortir un pack bien frais. Tout en faisant tomber ma bouteille de lait. Ma mère ne réagit d'ailleurs pas, absorbée par l'écran plat tout neuf acheté je ne sais comment. J'aurais pourtant cru que cet incident lui rappellerait que je n'ai pas encore mangé ! Son amant se rassoit avec son pack et s'en ouvre une aussitôt. Il rote.

Et ce petit son disgracieux sera le début de tout.

Le calme écorché par les « slurps », les bruits de couverts et les dialogues insipides du téléfilm se transforment en une cacophonie insoutenable pour mes jeunes oreilles. Mais ce n'est rien avec ce que ces pauvres fous vont infliger à mes yeux… et à ma mémoire.

— Oh ! Sale porc ! Tu peux pas tiser du vin comme tout l'monde ?! Ça t'évitera de roter ta bière dans ma tronche ! Lance ma mère.

— J't'emmerde, j'rote si j'veux ! Rien à foutre de ta sale gueule ! Réplique l'autre.

Le Vieux, lui, continue de baver sa purée. Il est sourd. Il a de la chance.

— Pauvre tapette ! T'es encore bourré mon salaud !

Elle n'aurait pas dû dire ça. C'est qu'il est colérique le maigre ! Il lui jette le verre de vin du Vieux en plein visage. Mais pas que le liquide, le verre à moutarde tout entier. Déjà fêlé, il se brise en éclats sur son nez. Un mélange de vin et de sang se met à couler sur la toile cirée. Ma mère se lève en hurlant je ne sais quoi, se dirige vers le buffet et trifouille dans le tiroir. Je me souviens que le Vieux y a rangé un couteau de l'armée, récupéré à son retour du front. Comme une folle, elle se retourne en effet avec la grande lame d'acier à la main droite, la gauche tenant son nez, comme s'il allait tomber. Le gringalet se met à rire ! Il est bête car elle n'a pas l'air de rigoler, elle.

— J'vais t'planter sale tapette, t'entends ?!

Elle se met à baver elle aussi, comme le Vieux. Comme un animal. Elle contourne la table et arrive au niveau de son amant, apparemment inefficace, qui se lève lui aussi, en riant moins, cette fois.

— Qu'est-ce-que tu fous vieille pute ? Pose ce truc !

Mais la vingtaine de canettes qu'il a bues depuis ce matin affaiblissent légèrement ses réflexes. Il ne peut éviter un premier coup porté au bras droit. Le deuxième le fait tomber, la lame l'ayant coupé à la gorge. Un jet régulier de sang s'évade de ce corps squelettique. Il se tient la gorge comme pour retenir le sang, en essayant de crier. Mais il ne peut pas, il a trop mal. Et surtout trop peur. Ses yeux commencent déjà à se révulser. Des billes blanches.

La folle reste plantée devant lui, le couteau à la main. Elle regarde sa première victime agonir. Le Vieux s'est arrêté d'aspirer sa purée au vin, mais de respirer aussi. Il a la tête penchée en arrière, les yeux grand ouverts. Merde, il vient d'avoir un arrêt cardiaque. Deuxième victime.

Elle s'assoit, alors que les râles de l'autre ont cessé. Elle pose le couteau sur la toile cirée. C'est calme tout à coup. Elle se sert un verre de vin. Elle le boit cul sec. Elle veut s'en resservir mais la bouteille est maintenant vide. Elle file alors dans la cuisine et revient avec une bouteille de rhum. Et elle se la boit, au goulot. En une demi-heure il ne reste qu'un petit quart de la bouteille antillaise. Elle tente de se lever, mais cette fois elle en a pris une bonne !

Elle s'écroule une première fois sur le flanc. Cinq minutes s'écoulent. J'entends son souffle lent et alcoolisé. L'odeur arrive à mes petites narines. En poussant un cri d'effort surhumain, elle parvient à se relever. D'abord un genou à terre, une main sur l'accoudoir du canapé. Puis, d'un coup, pousse sur ses énormes mollets. Une fois debout, elle tente un premier pas. Mais elle n'aurait pas dû. Le carrelage est plein de sang. Elle glisse, bascule en arrière et, trop ivre, ne peut retrouver l'équilibre. Sa lourde tête se fracasse sur le coin en fer de la table basse du salon.

Plus rien. Plus un bruit. Je suis libéré de ces monstres humains ? Comment je vais faire pour sortir d'ici, du haut de mon berceau ? Pleurer. Il faut que je pleure le plus fort possible ! Pleurer et crier ! J'ai faim en plus! Pleurer…

....

Je rêve. Il y a une bonne odeur de savon. Je ne sais pas ce que c'est comme parfum. Ma tête repose sur quelque chose de mou et ferme à la fois. C'est doux. C'est chaud. Ça monte et ça descend. Tout doucement. Une gentille voix me parle et me rassure. Une main fine me caresse le haut du crâne. Je suis bien.

J'ouvre péniblement les yeux, il faut que je sache sur qui je suis. Oh !! Elle est belle ! Elle me sourit ! On ne m'a jamais souri. Elle a les cheveux longs, tout blonds. Mes petits doigts jouent déjà avec ses bouclettes. Je tourne légèrement la tête pour voir où je me trouve. Je suis dehors, dans un merveilleux jardin. Il y a des fleurs partout ! Je n'en ai jamais vu autant, ou alors des fanées.

Il y a des enfants qui jouent et qui courent sur le gazon. Un gros chien attend, la langue pendante, que l'un d'eux lui lance la balle qu'il a badigeonnée de bave.

Un monsieur sort d'une véranda immense, avec les bras chargés d'un lourd plateau. Il crie : « Venez manger les enfants ! ». Ces derniers lancent des cris de joie et accourent à table.

Je dépose à nouveau mes yeux vers ce bel ange qui prend soin de moi. Elle m'embrasse tendrement sur le front. Je ferme les yeux. C'est agréable. C'est ça une vraie maman ? Une vraie famille ?

Mais soudain la jolie maman qui s'occupe de moi se transforme : ses cheveux sont noirs et blancs, gras, et sentent mauvais. Le sourire qui animait son visage n'est plus qu'une fente informe qui semble avoir été tracée au scalpel. Son haleine sent le vin. Ses yeux bleus ne sont plus que deux trous noirs. J'ai peur ! Je me retourne vers les autres, il faut qu'ils m'aident ! L'homme me regarde fixement. Il est tout maigre. Il a du sang sur lui. Il coule de sa gorge ! A la main, il tient un long couteau, ensanglanté lui aussi. Une odeur de chair découpée a chassé le délicieux parfum de fleurs. Les enfants ? Où sont-ils ? Pourront-ils m'aider ? L'horrible femme se met à éclater de rire alors que je commence à pleurer. L'homme boit au goulot une bouteille rouge. Je crie et pleure en essayant de me dégager de ces bras diaboliques, mais je suis trop faible, trop petit. Les enfants, où sont-ils ?

C'est alors que je remarque qu'ils ne sont plus assis à table ! J'entends le chien aboyer. Il approche, mais je ne peux le voir, il est derrière la folle et moi. Il surgit enfin en sautant sur la table, avec quelque chose dans la gueule… Ce n'est pas sa balle. C'est une tête d'enfant.

Je me réveille. Je suis affamé. Et ces cauchemars ! Je suis toujours dans la salle à manger. Personne ne m'a entendu pleurer tout à l'heure et je me suis endormi. Le vieux, ma mère et son amant sont toujours là, avec leurs âmes mortes qui flottent dans la pièce.

Je pleure encore. Il commence à faire jour. J'ai réussi à dormir un peu, alors il ne faut pas que je cesse de pleurer. Il faut qu'on m'entende ! L'odeur des trois barges commence vraiment à devenir insupportable ! Ce qui est encore pire, c'est le visage du Maigre : il a encore les yeux ouverts. Un regard vide et en même temps effrayé. Ma mère, je ne vois pas sa tête. En tombant, elle a roulé sur le côté, me tournant le dos. Je ne vois que le trou dans son crâne. Quant au Vieux, la tête penchée en arrière, on dirait qu'il dort. C'est celui qui me fait le moins peur.

On dirait que quelqu'un est derrière la porte d'entrée. Ils sont deux. Il y a deux gars qui parlent derrière la porte ! Dans un dernier effort, je lance un cri de bébé qui a faim. Je lance un cri de bébé qui est fatigué. Je lance un cri de bébé qui a peur. Ça y est, ils sonnent. Mais je ne peux pas leur ouvrir ! Les autres sont refroidis, merde !!

Au bout d'un moment, la sonnette s'arrête, mais c'est le téléphone qui a pris le relai. Ils sont encore plus cons que je pensais ! Je continue à crier, et ça commence à me faire mal à la gorge ! Ah, ça y est, ils reviennent derrière la porte. Cette fois, ils sont plusieurs on dirait.

Après un bruit sourd, la porte cède dans un grand claquement. Enfin.

Trois policiers et les deux cons de voisins entrent dans la pièce, la main sur le nez. Et ouais ça pue les gars, alors dépêchez-vous de me tirer de cet appart, et surtout donnez-moi à manger !! Un des flics appelle « du renfort et une équipe de la crim' ». Un autre, une femme, vient tout de suite vers moi et me prend dans ses bras. Ma tête tourne, je suis fatigué et affamé. Je ne me sens pas bien. Je m'endors.

....

Je ne vois rien à travers les parois en plexiglas de mon lit d'hôpital. J'ai un fil qui me rentre dans le bras, et je ne peux pas me retourner à cause de ça. Je ne peux pas dormir. Ça ne sent pas bon en plus. Ça me pique le nez cette odeur de médicaments. J'entends d'autres enfants pleurer. La lumière blanche des néons est censée ne pas m'éblouir. C'est raté. Les infirmières passent parfois au-dessus de mon berceau et me regardent avec des yeux ronds. Parfois l'une d'elle dit à l'autre : « Le gamin qui a assisté à la mort de sa famille. Ce serait sa mère qui aurait tué tout le monde. Pauv'gosse ». Je ne vous demande pas de faire des commentaires mais juste de m'envoyer dans une nouvelle famille ! L'ancienne, c'est terminé. De toute façon je ne l'ai jamais aimée et elle ne m'aimait pas. Ce que j'ai vu, je ne l'oublierai jamais. Cette horreur ! Tout ce sang ! Mais si rien de tout cela n'était arrivé, c'est moi qu'ils auraient tué. Parfois, ma mère me secouait comme un shaker quand je pleurais un peu trop fort. Je n'y peux rien si j'ai toujours faim, elle ne me donnait jamais rien ! Et son lait, il était plein de bière ! De toute façon son sein puait la sueur. Quant à mon beau-père, cet ivrogne m'a fait tomber sur un pack de bières ouvert, la tête la première.

Je crois reconnaître la femme flic qui m'a récupéré. J'espère qu'elle va m'emmener loin d'ici ! Je suis bien dans ses bras ! Elle s'approche de mon lit, avec un petit homme chauve. Ses lunettes sont en équilibre sur son gros nez. Il se penche au-dessus de moi. Son haleine manque de m'étouffer : je pleure. Une infirmière intervient et vérifie un écran avec des traits bizarres qui défilent.

— Ne vous approchez pas trop de lui, il est encore très fragile !

Apparemment, le « pue-du-bec » est un monsieur qui doit me placer dans une famille, d'après ce que j'ai compris. Une famille, j'aimerais bien, mais pas une comme la mienne ! Surtout pas ! Je voudrais une famille comme celle du début de mon rêve, avec une maman douce, un gentil papa, des frères et sœurs, et un chien. Aaah, ce fil me fait mal !

Ça fait un mois que je suis à l'hôpital. Un mois que je dois me taper des bouillies vertes aux repas. C'est toujours mieux que ce que je subissais avant ! D'après ce que j'ai pu comprendre, en écoutant tous ces adultes qui défilent tous les jours autour de mon lit, le « pue du bec » a trouvé une famille d'accueil. Je suis impatient de voir ça !

Les autres bébés dans la *pièce* pleurent, dorment, se tournent et se retournent dans leur petit lit. Ça sent parfois la merde, parfois le vomi, toujours la peur. Cette odeur de peur, je sais la sentir. Elle se dégageait de l'amant de ma mère quand elle l'a tué. Personne ne va les tuer pourtant, tous ces gosses, mais ils ont peur quand même. Moi aussi j'ai peur. Je vis dans la peur.

Quand je dors, j'ai peur. Je revois les âmes des trois flotter dans le salon, au-dessus de leur corps blanc et puant. Leur puanteur mêlée d'alcool, de sang, de chair grasse en décomposition. Je les revois toutes les nuits. Elles m'encerclent. Je ne peux pas les semer, je marche encore à quatre pattes. Je n'avance pas. Elles m'encerclent et me prennent dans leurs voiles blancs et rouges, et m'emmènent sous terre.

Quand j'ai les yeux ouverts, j'ai peur. J'ai peur de toutes les têtes nouvelles. Dès qu'un nouvel interne se penche au-dessus de moi, j'ai peur. J'ai peur ou je suis écœuré par certains. Dégoûté de leur ambition, dégoûté de leur suffisance. J'ai peur de la famille qui va soi-disant m'accueillir. Sur quoi je vais tomber ? J'ai peur de l'avenir. J'ai peur. Comme eux, tous ces abandonnés, tous ces gosses qui n'ont rien demandé. Qui sont nés en souffrant. Qui, même avant de naître, souffraient de l'alcool et du tabac avalé par leur chère mère et souffraient des coups donnés par leur tendre père. Alors, voilà, cet endroit pue. Cet endroit pue la peur.

....

Ce matin, l'infirmière est venue plus tôt que d'habitude car elle m'a réveillé. En tirant les rideaux gris de la fenêtre, un rayon m'a piqué les yeux, comme si le soleil s'était concentré pour bien viser. Son parfum sent le chocolat. C'est doux et chaud. Elle me prend délicatement dans ses bras, en me tenant la tête dans la paume de sa main et m'emmène dans la petite salle de bain. Elle me chuchote :

— Aujourd'hui tes nouveaux parents vont venir te chercher, tu vas changer de vie mon bonhomme ! Mais tu vas me manquer aussi mon poussin…

C'est Madame Petit qui s'est d'abord approchée. Elle a posé sa main sur mon front, a caressé mes cheveux. Je me suis tout de suite arrêté de pleurer. La douceur. Cette femme est La douceur. Elle a de longs cheveux dorés, très doux et qui sentent la vanille. Ses yeux sont clairs. Même pas bleus, clairs. Elle a un visage assez rond, mais joli. Elle est jolie. Puis elle s'est décalée sur le côté et c'est son mari qui s'est penché sur moi. Il m'a délicatement caressé la joue. Il a les cheveux bruns, assez longs et bouclés, la peau sèche et bronzée. Je croyais que je rêvais au début. Mais comme ça faisait des nuits que je cauchemardais au lieu de rêver… C'était bien réel.

Me voici dans une petite maison, à la campagne. En voiture, j'ai pu apercevoir des collines, des bois, beaucoup d'arbres et des champs pleins de fleurs. Des vaches aussi ! Je n'en avais jamais vu !

Ils m'ont allongé sur un landau tout neuf, placé à côté d'un feu de bois. Ça sent bon. C'est la première fois que je sens cette odeur, celle du bois brûlé. La première fois aussi que j'entends ce crépitement rassurant, que je sens cette chaleur. Je suis dans un grand salon. Une table en bois immense prend presque toute la pièce. Monsieur Petit coupe du saucisson. Il en jette un morceau par terre. J'entends une sorte de lapement. C'est Speed, son chien, qui s'est rué sur le bout de viande de la même couleur que le carrelage. Je ne le vois pas d'où je suis. « Speed ! Va te coucher maintenant ! ». J'entends un cliquetis sur le parquet. Je le vois maintenant ! Il est énorme ! Mais je n'ai pas peur. Il renifle un peu mon lit, mais Monsieur Petit lui gueule :

— Couché Speed ! Et pas touche au gamin !

Le gros chien se couche sur son tapis, devant la cheminée, laissant échapper un gémissement. Madame Petit entre dans la pièce, en portant un lourd plateau : poulet rôti, pommes de terre sautées, petits pois. Ils commencent à manger, tout en me regardant. Elle se met à pleurer :

— Enfin, enfin il est avec nous !

Monsieur Petit lui répond :

— Ne pleure pas ma belle, regarde plutôt comme il est beau *notre* fils !

Moi aussi je vais me mettre à pleurer. Pleurer de joie. On ne m'a jamais dit que j'étais beau. Le Vieux il disait toujours que je puais et que je bavais comme une limace. Mon père, il n'a jamais rien dit puisqu'il est parti avant même que je sorte de ma mère qui, quant à elle, a vomi après son accouchement. Et son copain ? Il n'a jamais rien dit. L'indifférence totale. Il m'a juste fait tomber.

Eux, Monsieur et Madame Petit, ils me trouvent beau. Et il a dit « notre fils ». Je suis un Fils. Je suis le fils de quelqu'un. D'une Maman et d'un Papa.

Le repas se déroule calmement. C'est bon et doux le calme ! Leurs voix qui se mêlent en une osmose parfaite me bercent. Je suis bien. Je n'ai pas peur. Je m'endors, au chaud, près de la cheminée et des flammes qui dansent, près du gentil chien, dans les bras de Maman, sur la couverture rouge du canapé. Ça sent le feu de bois.

Les douces mains de *Maman* m'enveloppent et m'amènent sur son épaule. Je dors à moitié. On monte les escaliers. Je vais découvrir ma chambre. Les marches grincent sous ses pas. Toute la maison sent bon. Cette fois, un parfum de lavande me caresse les narines. Maman ouvre une porte. Ma chambre ! Elle allume une petite lampe. Tout est bleu. Un train aux wagons de toutes les couleurs court le long des murs. Par terre, un tapis avec des rues dessinées dessus. Des petites voitures rangées sur un gros camion rouge. Mon lit : un beau lit en osier. Avec plein de peluches dessus ! Après m'avoir passé un pyjama bleu lui aussi, Maman m'allonge dans ce lit douillet, avec un lapin blanc, un chat endormi, un poussin, un ours brun, et un jouet en forme de girafe qui couine quand on le presse. Papa nous a rejoints. Ils se penchent et m'embrassent tous les deux : « Au revoir mon petit chéri ! Fais de beaux rêves ! ». C'est ça une famille ? C'est ça des vrais parents ? Alors c'est encore mieux que je ne l'imaginais. Je vais bien dormir cette nuit. Bien dormir.

L'Amour, ça doit être ça : quand on voit dans les yeux de ses parents cette reconnaissance, cette confiance, cette tendresse. Et cette gentillesse.

RETROUVAILLES

Sa tête blanche est penchée sur le côté gauche, comme pendouillant au-dessus de la loupe elle-même, en apesanteur, à dix centimètres d'un livre aux caractères bien trop petits de toute façon. Assis profondément dans sa chaise roulante, il subit la vie qui lui reste.

A quoi bon. Alors rêvons.

Le vieillard se souvient. Il s'endort et se laisse emporter par les odeurs de café du réfectoire. Une odeur chaude et piquante qui le ramène un matin d'été, face aux vignes d'un village varois, à deux tongs de la mer. Un chat déboule et glisse sur le carrelage mouillé par sa femme qui revient de la piscine, en contre-bas. Cette fameuse piscine qu'il a eu tant de mal à entretenir. Le parfum du chlore se mêle à celui des grains de café qui viennent d'être broyés par la machine. Sa fille vient de se servir le deuxième. Elle est en pleines révisions, elle passe les rattrapages de sa deuxième année de médecine dans trois semaines.

Le vieillard rêve et semble satisfait. Il laisse un instant de côté les plaintes de quelques vieux auprès des infirmières et aides-soignants. Il quitte cet endroit sinistre.

Une belle résidence secondaire, une belle épouse, une fille un peu follette, voire insolente, mais bon, elle a eu sa première année de médecine du premier coup, « elle a eu raison de s'éclater un peu cette année ».

La tête du vieux penche maintenant de l'autre côté. Ça fuse là-dedans. Un gémissement s'évade de sa bouche pincée, fripée. Ses doigts serrent fortement la loupe désormais endormie sur la page du livre. Il n'entend même pas l'infirmière déposer sa bouteille d'eau sur la petite table d'appoint. Il dort. Ou bien il fait semblant. Les vieux ont parfois cette capacité à ne plus rien entendre, à s'extraire du présent pour fuir un instant vers le monde qu'ils n'auraient jamais voulu quitter.

L'époque où leur famille était réunie, femmes et enfants. Mais sa femme n'est plus et ses enfants ne viennent guère le voir.

C'est trop loin Papa, on est débordé, il faut conduire Myrtille à la danse et on a une soirée ce soir, demain peut-être. La semaine, tu sais bien qu'on bosse.

Alors, il préfère se souvenir. Partir dans le passé. Puisque l'avenir n'est rien et que le présent n'est rythmé que par une toilette hasardeuse faite par une infirmière gentille mais débordée, parfois à 9h, parfois à 11h30, deux médicaments au réveil, trois au déjeuner et deux au coucher.

Entre deux il ne se passe pas grand-chose.

Il y a bien Bernard qui se prend les pieds dans sa canne de temps en temps et qui s'étale de tout son long au milieu de la salle à manger, ça fait bien rire cinq minutes mais après on ne le voit plus pendant des jours, le temps qu'il s'en remette. Ou la Simone qui pousse des petits cris aigus à chaque fois qu'elle est contrariée. C'est à dire tout le temps.

Un autre soupir plaintif et le revoilà plongé dans la piscine de sa maison. Sa femme est étendue sur un transat, les jambes croisées. *J'ai toujours adoré ses fines chevilles. Cette articulation entre des jambes interminables et des pieds doux et cambrés. C'est ma femme.*

Il se disait ça. Là, assis au milieu d'autres séniles. Il se rappelait le corps de son épouse. Il sentait même une légère érection. Sous un pantalon de jogging assez fin, ça se voit. Il relève d'un coup sec la couverture marron qui lui tombe à présent aux pieds.

— Eh bien, Monsieur Paul, comment faites-vous pour toujours faire tomber cette couverture ??

« Si tu savais ma belle », se dit le vieux Paul, en n'ouvrant qu'à moitié un œil. L'infirmière n'était pas dupe mais elle aimait bien le chauffer aussi un peu. Enfin c'est ce que Paul croyait. Il n'avait jamais douté de lui et surtout pas de son pouvoir de séduction. Pourquoi en douter maintenant ?

Affalé dans son fauteuil et à présent réveillé, il aperçoit dans le jardin deux enfants. C'est l'été, l'herbe est bien tondue. Quelques résidents sont dispersés çà et là et profitent de la chaleur du soleil, sous leur chapeau de paille.

« Mais que foutent ces deux gamins, plantés là au milieu du parc ? », pense le vieux Paul. Un filet de bave essuyé d'un revers de la manche et c'est parti pour un petit tour dehors.

Que personne ne m'aide surtout ! Où est passé ma petite infirmière, elle était là il y a deux minutes !

La belle infirmière, Anna, vaquait à ses occupations de soins.

Une fois passé le seuil de la porte, Paul détourne la tête, aveuglé par un soleil flamboyant.

Il est tellement ébloui qu'il ne sait même plus où il est.

Utilisant sa main comme casquette, il remarque toujours les deux enfants, plantés comme des piquets : un petit garçon avec une culotte courte et un béret, et une petite fille avec une drôle de robe verte à fleurs jaunes, bien trop grande. Et très moche.

Les deux petits saligauds l'observent, en souriant. Une fois accoutumé à la lumière, Paul les regarde avec attention, redressé dans son fauteuil aux roues à présent enfoncées dans les cailloux.

D'abord le gamin : son sourire, son regard rieur aux rides précoces, le béret qui lui tombe sur le côté du visage. Une culotte courte grise et déchirée à la jambe droite.

La gamine : à part sa robe de grand-mère, tout est magnifique chez elle. Ses cheveux blonds ébouriffés, ses yeux bleus, sa peau fine.

La complicité des deux enfants saute maintenant aux yeux du vieux Paul.

— Vous me rappelez de vieux amis, les gosses ! Vous êtes venus voir votre grand-père ou arrière-grand-mère ?

— N'importe quoi, on est venu te voir toi ! Dit en pouffant la petite fille. Ses gloussements faisaient rire à son tour son comparse.

— Mais je ne vous connais pas moi ! Paul a pourtant cette impression étrange d'avoir déjà vu ces deux gosses.

— Tu nous connais, fais-nous confiance.

Le ton arrogant de ces deux *p'tits cons* fatiguait particulièrement Paul. Le plus étrange c'est que personne à part lui ne semble remarquer leur présence.

— Tiens, voilà l'infirmière ! Qu'est-ce-qui lui prend d'avoir cet air effrayé ? On dirait qu'elle a vu un mort, se dit Paul.

— C'est normal, t'es mort mon pauvre vieux !

— Mais de quoi tu me parles, p'tit con !?

Anna se penche au-dessus du visage de Paul :

— Paul, qu'est-ce-qui ne va pas ? Vous m'entendez ?

Le corps de Paul est plié en deux dans son fauteuil, planté dans les cailloux, sous ce cagnard de juillet. Les autres résidents sont tous figés à le regarder bêtement, la bouche grande ouverte. Anna appelle du renfort, tout en essayant de dégager le fauteuil et de le ramener à l'intérieur. Son visage, livide, laisse apparaître une certaine angoisse. Trois infirmiers rappliquent et prennent le relai, accompagnés d'une civière. Le vieil homme garde cependant un léger rictus, laissant pendouiller sa main en dehors du lit à roulettes.

Les deux gamins sont toujours là, gloussant de façon désagréable et insolente.

Tandis que *Paul*, assis par terre, regarde béatement son corps partir avec le personnel médical.

Pris de panique, il est rejoint rapidement par les enfants qui l'enlacent et tentent de le calmer.

— C'est fini Paul, tu es mort ! C'est pour ça que tu nous vois !

— Mais qu'est-ce que tu racontes, morveux ! Lance-t-il au gamin au béret.

La fillette enchaîne :

— Oui, mon Paul, t'es parti, enfin t'es là mais t'es plus dans ton corps.

— T'es en train de l'embrouiller, Lucette ! Répond le garçon.

Lucette. Ce prénom raisonne dans la tête de *Paul*. Il raisonne et illumine sa vieille cervelle.

Les yeux grands ouverts, il se calme un instant, cesse de se débattre, remarquant que son alliance s'est agrandie autour de son doigt.

Lucette lui explique : « rassure-toi ta bague ne s'élargit pas. Ce sont tes doigts qui rapetissent ».

Paul ne détache plus les yeux de ses mains qui, en effet, sont plus petites. Beaucoup plus petites. Et sa peau. Les tâches ont disparu. Les rides également. Il entend les infirmiers et Anna s'affairer autour d'un vieux corps inerte, derrière la baie vitrée, à l'intérieur.

Il se retourne et fixe Lucette. Des yeux bleus pétillants. Des bouclettes dorées caressant des épaules frêles et douces. Une petite bouche toujours entrouverte, prête à éclater de rire.

C'est Lucette.

— C'est… C'est toi Lucette ?

— Oui Paul. C'est bien moi, Lucette. Ta vieille copine. Et lui c'est Georges, tu t'en doutes.

Paul se relève d'un bon, dans son nouveau corps, ou plutôt dans son corps retrouvé de petit garçon de huit ans. Il tente de faire un pas vers ses deux anges, mais trébuche, s'emmêlant les pieds dans son jogging de vieux devenu trop grand.

Il pleure. Une angoisse infinie l'envahit. Il étouffe. Il gémit. Il trépigne. Comme un enfant paniqué.

— Ne t'en fais pas mon grand, ça fait bizarre les premiers jours. On est venu te chercher. Bordel, ça fait plaisir de se retrouver !

Paul n'en revient pas. C'est la panique à l'intérieur de l'EHPAD. Des ambulanciers viennent d'arriver. Le médecin également. C'est fini. Il distingue son corps inerte s'éloigner, derrière la grande baie vitrée, et disparaître dans les couloirs de l'immeuble.

— Eh Paulo ! Suis-nous, on va te trouver des fringues à ta taille et on va faire un tour. Georges et moi, on va t'aider. Tu verras, ce n'est pas si mal finalement. Plutôt que de croupir dans ton fauteuil, tu vas pouvoir marcher, courir, danser avec nous !

Les trois gamins traversent le jardin. Paul, au milieu de ses comparses, pleure un peu moins.

Mais il pense à sa fille. A ses petits-enfants. Et à sa femme.

— Je peux voir Agnès ? Ma petite Agnès, ma chérie ?

— Tu vas pouvoir revoir tout le monde, mon p'tit Paul. Tout le monde…

RENTREE DES CLASSES

La grille s'ouvre. Tout est immense. Je n'ai plus de repère. Des parfums inconnus envahissent l'espace. Des cris plaintifs se mêlent aux sanglots étouffés de Léa que j'aperçois, toute proche de moi. Les plaques rouges sur son visage témoignent d'un voyage éprouvant. Ses lacets sont défaits et son manteau, à moitié ajusté, traîne sur le sol, faisant chahuter de légers cailloux blancs.

Une voix caverneuse nous demande de nous avancer. Quel animal monstrueux peut-il réussir à parler ? Ce gros ours informe, là-bas ? Ou cette vipère gluante, là, derrière les plus grands ? Je serre les dents. J'ai peur. Je me retiens de pleurer. J'ai juré. Certains ont les yeux humides. D'autres rient : sont-ils devenus fous ?

Des feuilles mortes virevoltent entre nos pieds. Nous nous avançons, lentement…

Quelle est cette nouvelle vie, pourquoi nous cloîtrer dans ce château rouge aux immenses fenêtres doublées de grilles noires ? J'aperçois une ombre hésitante, derrière l'une d'elles. Quelqu'un nous observe. J'ai envie de crier, hurler ma peur mais, au lieu de ça, une simple larme vient à couler sur ma joue.

J'essuie discrètement, d'un revers de la main, cette goûte salée et traitre. J'ai juré !

« A ce soir mon chéri, ne t'inquiète pas. Je viens te rechercher à 16h30 ». Cette voix rassurante m'invite à avancer. Cette voix remplie d'amour m'invite à grandir.

« A tout à l'heure, Maman ».

EXCUSE DE GOSSE

Un énorme lapin gris à l'oreille droite mordillée, assis dans une voiture rose.

C'est drôle ça ! Un énorme lapin qui n'a pas l'air très content, quand on y regarde de plus près : il est tout serré dans cette voiture ! Ses pattes dépassent bêtement des petites portières et son corps est tassé sur le siège. Ses yeux, à moitié cachés par de longs poils, expriment l'ennui et la honte. La honte d'être contraint de rouler en voiture Barbie ! Surtout devant l'ours, cette arrogante peluche qui prend encore le beau rôle ! Lui, il est dans le 4X4 des G.I. JO. Il trône en grand seigneur ! Ses grands yeux bleus et son sourire niais énervent profondément le lapin.

L'ours le nargue du haut de son bolide tout terrain, et le provoque.

Le lapin se demande bien comment il va faire pour le battre avec ses pattes qui traînent inexorablement sur la moquette ! Il n'avance pas !

Antoine pousse alors les deux concurrents sur la ligne de départ, matérialisée par une tache sur la moquette. Il prend toujours cette tache comme repère pour chaque course qu'il organise dans sa chambre. Les deux Barbie de sa sœur sont assises, les jambes croisées, sur le gros camion-benne jaune.

Des playmobils sont positionnés le long du parcours de mikados : une grande ligne droite file vers la porte de la chambre et se termine en une courbe à 180 degrés qui continue la piste vers la partie montagneuse du tracé, le lit. Sur celui-ci, toutes les autres peluches attendent impatiemment le vainqueur : le tigre, le chiot, la tortue et le canari sont adossés à l'oreiller Bob l'Eponge.
Antoine règle son réveil pour qu'il sonne dans une heure, le temps d'aller faire ses exercices de math avec sa mère, en bas, dans le salon.

Sa petite main ferme la porte et il lance : « dans une heure, c'est partiiiiii !! ».

Le lapin s'extrait difficilement de la voiture. Ses pattes molles plient sous le poids de son corps disproportionné. Quand il se met à marcher, on dirait qu'il est saoul. Les cyclopes de l'espace, du haut de l'étagère, contemplent la scène en envoyant leur lumière verte sur le lapin : « Eh ! L'ivrogne ! Attention tu vas marcher sur ta jambe droite ! Ah ahah ! ». Les Playmobil, avec leur coupe au bol, se plient de rire. Les Barbie rient bêtement elles aussi, comme à leur habitude.

Fou de rage, le lapin se traîne jusqu'aux pieds de la frêle étagère en bois et, de toute sa force de lapin en peluche, remue comme il peut la tour de bois.

— Oh dis, arrête ! Tu vas nous faire tomber !

— C'est bien ce que je compte faire, bande de morves vertes !

A ces mots, l'un des cyclopes perd l'équilibre et tombe de l'étagère, se cassant son unique jambe. La misérable figurine de l'espace se met à gémir de douleur.

Les deux autres, du haut de leur mirador, se mettent à envoyer par intermittence leur laser rouge dans les yeux du lapin devenu complètement fou.

Toute l'humiliation subie par les autres et par ce maudit gamin depuis qu'il lui a été offert par un autre morveux dévoile à présent une haine sans fin de la part du lapin gris.

Le lapin, devenu albinos, rabat ses longues et molles oreilles derrière la tête et les serre en un nœud tellement serré que ses yeux se plissent. Ses babines aux trois poils tordus se retroussent pour laisser apparaître deux énormes dents, molles elles aussi, mais curieusement effrayantes.

Il n'y a plus un bruit dans la chambre. Même le cyclope de l'espace a cessé de geindre. Les Barbie se serrent les unes aux autres, mais toujours avec leur rictus débile. Les Playmobil, pliés de rire il y a deux minutes… le sont toujours, bloqués du dos.

Les peluches de la montagne-lit se sont réfugiées sous Bob l'Eponge.

L'ours, qui n'avait pas encore remué jusqu'à présent, branche le 4X4 sur « ON » et, l'air effrayé, démarre en trombe pour s'enfuir.

La porte de la chambre étant fermée, il se met à tourner en rond dans la pièce, manquant à chaque fois de se retourner.

Le lapin, courant mollement vers la commande de l'hélicoptère téléguidé, se prend la jambe droite dans la jambe gauche et tombe. L'ours, pendant ce temps, use toujours les piles de son bolide, tentant de trouver une sortie.

Le lapin parvient à se lever et se saisit de la commande. Il démarre l'hélicoptère et, avec une dextérité encore jamais décelée chez cette peluche en mousse, lui fait faire un piquet droit vers l'ours. Surpris, celui-ci lâche le volant et pile net. L'hélicoptère, lancé à pleine vitesse, écrase ses pales sur la tête de l'ours qui éclate en morceaux. De la mousse jaune s'éparpille dans toute la chambre. Ses yeux bleus en verre sont éjectés. L'un d'eux finit sa course dans la longue nuque d'une des Barbie et l'autre fait tomber comme des quilles les frêles Playmobil, leur brisant les jambes sous le violent impact.

Le lapin, épuisé par tant d'efforts, s'assoit en haut de la montagne-lit, sur l'oreiller Bob l'éponge. Etouffant de ce fait ses congénères.

Une folie meurtrière. Un carnage. Et une punition pour le petit Antoine qui n'aura pas su convaincre sa mère qu'il n'y était pour rien dans tout ce désordre.

SANS RAISON

Alors que la brume montait lentement jusqu'en haut du Mont de Couple, Tom courait et avait atteint le 10ème kilomètre. Face à lui la baie de Wissant offrait encore une légère vue sur les navires de commerce qui croisaient au large. Il se sentait bien. Une brise le contrait gentiment et décuplait les parfums de la flore des deux Caps, mêlés à de doux effluves marins. Sa foulée régulière et le bruit des pas sur le sentier caillouteux s'ajoutaient aux battements de son cœur en un rythme parfait. Arrivé au point de vue, il s'arrêta un instant pour boire à la pipette de son « Camel bag ». La brume avait à présent enveloppé tout le relief et la mer n'était plus visible. Le vent léger faisait danser nonchalamment les blés. Seules les gorgées d'eau de Tom interrompaient le silence qui devint presque angoissant. Les blockhaus environnants semblaient régner en maître sur cette terre embrumée.

Tom reprit sa course. Il fallait maintenant descendre le relief et partir en direction du Mont Hubert. Il fut interrompu par un gémissement venu de derrière lui. Il stoppa net. Il revint en arrière, vers un des blockhaus. Il marcha lentement, sans bruit, pour ne pas étouffer un autre gémissement qui aurait pu confirmer sa provenance. La plainte continuait.

Tom s'avança doucement vers l'entrée du blockhaus. Intrigué, il passa l'entrée. La vision d'horreur qu'il eut disparut rapidement quand une douleur à la tête le fit s'évanouir.

Adossé à un mur, à genoux, les pieds sous les fesses, Tom commençait à avoir mal aux jambes. C'est ce qui le réveilla. Sa tête lui faisait horriblement mal. Il voulut porter la main au front mais se rendit compte qu'il ne pouvait pas bouger les bras. Il ne voyait rien non plus. Non pas parce qu'il faisait sombre, mais parce qu'un bandeau lui cachait les yeux.

Il réalisa qu'on l'avait ligoté… Qui ? Pour quoi ? Pourquoi lui ? Il se demandait aussi où était passé cette horreur qu'il avait vu avant de s'évanouir.

Tom vivait et travaillait dans la capitale du Nord, Lille, et était propriétaire d'une petite maison de pêcheur où il passait quasiment tous les week-ends, sur la côte entre Wissant et le Cap Blanc Nez, face à la mer. Il était DRH d'une usine agroalimentaire depuis 5 ans. Ni femme ni enfant. Mais il était un fêtard, aimant multiplier les conquêtes, voir ses amis et faire du sport. Il aimait se retrouver dans cette région pour se ressourcer et bricoler dans sa maison.

Il essayait de comprendre ce qui lui arrivait. De comprendre qui pouvait lui faire ça ? Mais la froideur de la pièce et son mal de tête l'empêchaient de raisonner.

Des gouttes d'eau ne cessaient de tomber dans une flaque qu'elles avaient créée. Des petits cliquetis sur le sol allaient et venaient, laissant sous-entendre que des rats partageaient l'espace avec lui. A part cela, il n'y avait pas un bruit. C'est alors qu'il arriva.

Il lui retira d'abord le bandeau qui lui cisaillait les yeux. Il peina à les rouvrir, ébloui par une lampe torche pointée sur son visage. Au bout d'une dizaine de secondes il put distinguer le visage de son tortionnaire qui avait pour finir suspendu la lampe. Un visage anguleux, ridé, et caché par une barbe grise et de longs cheveux noirs et huileux. Son regard était vague et inquiétant. Tom fut effrayé mais avait pourtant l'étrange impression de connaître cet homme. Il lui demanda : « Que me voulez-vous ? Qui êtes-vous ? ». L'homme ne répondait pas. Il préféra lui asséner un coup de poing qui fit cogner la tête de Tom contre le mur derrière lui. Il ouvrit enfin la bouche : « je suis ton cauchemar ».

En un éclair, tout revint à l'esprit de Tom. Il avait une vie heureuse, certes, mais faisait souvent des cauchemars dont il ne pouvait expliquer la violence de certains. Il rêvait notamment d'un paysage fantomatique où il déambulait. Il tentait toujours de courir mais ses jambes le portaient à peine et il avançait au ralenti. Cette course lente se finissait toujours de la même manière : il trébuchait contre un corps. Et ce corps était en réalité l'homme qui était face à lui, son tortionnaire.

Tétanisé par la peur, Tom ne disait plus rien. Il le fixait. Il sentait son souffle caverneux lui envelopper le visage. Pendant un instant il eut envie de vomir. Cette odeur ignoble se mêlait à une autre plus rance. Il comprit que ce qui l'avait horrifié en entrant dans ce trou était en fait un cadavre, pendu à un crochet fixé au plafond. Il le voyait, maintenant que le vieux s'était écarté pour aller fouiller dans un coin du blockhaus. Il se mit à trembler. Ses mains toujours attachées derrière le dos étaient glacées. La transpiration qui perlait le long de sa colonne vertébrale le frigorifiait.

Le vieux revint assez rapidement avec un couteau de chasse. Tom ferma les yeux, sans se débattre. A quoi bon ? Il le fit basculer en avant et lui déchira les liens. Les mains libérées, Tom tenta de se redresser mais ses jambes pliées depuis un long moment étaient devenues trop faibles. De toute façon l'homme le contraint à rester calme et assis.

— Que me voulez-vous ? …

— Pourquoi veux-tu que je te veuille quelque chose ? Tu vas morfler, c'est tout, parce que j'en ai envie ». C'est vrai, il n'y a pas forcément besoin de raison pour faire du mal…

En sueur, allongé sur son lit, Tom se réveille. Il émerge lentement. Comme paralysé, il n'ose à peine bouger. Il a terriblement soif. Sa bouche est sèche. Il fait encore noir.

Seule la lumière verte de son réveil le rassure. Il indique 4h07.

Il vient de rêver.

HISTOIRE D'UN FOU

Jean était allé travailler le lendemain. Avec un petit mal de crâne, mais personne au bureau ne lui posa de questions. Il était apprécié dans ce gros cabinet d'assurance pour lequel il travaillait depuis cinq ans. A trente-deux ans, il était d'humeur joviale et aimait plaisanter. Mais il était très lunatique. Le soir surtout. Quand venait l'heure de quitter le bureau, il semblait tout à coup mélancolique. Quand on lui adressait la parole, il ne répondait pas, comme absorbé par ses pensées. Des pensées morbides. Il refusait d'ailleurs tout dîner chez qui que ce soit. Il ne voyait personne en dehors du travail et restait chez lui tous les soirs… sauf quand ses pulsions le reprenaient, comme la veille, avec Marie.

Dans ces cas-là, il prenait deux ou trois vodkas et sortait faire le tour des bars, draguait et choisissait sa victime. Mais il faisait tout cela comme guidé par une force qu'il sentait extérieure à lui. Il prenait un plaisir incommensurable à faire de telles horreurs. Mais ce sentiment était toujours mêlé d'une culpabilité maladive. Il était conscient de ce qu'il était. Conscient de ce qu'il faisait. Mais, comme un drogué, il ne voulait surtout pas se soigner. De toute façon, se soigner l'aurait contraint à avouer tous les crimes qu'il avait commis. Depuis dix années. Dix ans qu'il était atteint de ce mal indéfinissable qu'est la folie. Dix ans qu'il vivait dans le mensonge, montrant à autrui le Jean aimable, serviable, attentionné, drôle, heureux de vivre, faisant bonne figure, orphelin, sans famille proche, excepté deux ou trois amis que personne n'avait jamais vus. Dix ans qu'il cachait le Jean assassin, pervers, avide de souffrance, haïssant les femmes, les hommes, les vieux, les homos, les gosses, les chiens, les chats, les fleurs, les oiseaux, la nature, tout ce qui vit en général. Mais ce Jean-là ne se dévoilait que très rarement... Assez souvent cependant pour avoir tué 32 chats, 15 chiens, 5 vipères, 5 lapins, 2 gamins, 6 vieilles dames, 2 jeunes femmes (Marie était la troisième), et 6 hommes. Ce Jean-là, il le détestait...

Le vendredi soir, en regardant le journal de 20 heures, comme tout bon citoyen français, Jean apprit qu'une jeune femme de 27 ans avait été « égorgée » la veille, avec la délicatesse habituelle des journalistes. La différence avec les bons citoyens français effrayés par ce « fait divers », c'est que Jean savait qui était le coupable. Il se leva de son fauteuil, se servit un verre de rhum et regarda autour de lui. Il vivait dans un petit studio de 30 m². Malgré le salaire conséquent qui s'affichait chaque mois sur son compte, il vivait le plus simplement du monde. A quoi bon vivre dans une grande maison, sans femme ni enfant ? Il n'avait pas non plus d'ami à inviter. Il savait que toute personne qui entrait chez lui risquait de tomber sur le Jean qu'il déteste. C'était d'ailleurs le seul aspect de son mal qu'il savait contrôler. Ne faire entrer personne. Son studio ne comportait donc que le strict minimum. Bien agencé, le coin cuisine était, en entrant, sur la droite. Il comportait deux plaques électriques encrassées, un petit plan de travail, deux placards salis par des doigts gras. Au milieu de la pièce se trouvaient une chaise et une table carrée. Une toile cirée la recouvrait et supportait un vase transparent, vide. A gauche, un buffet sans valeur longeait le mur décrépi.

Une petite télévision y était posée. Une odeur de vieux flottait dans cette pièce. L'unique fenêtre, à moitié cachée par une armoire étroite, était rarement ouverte. Un lit était installé près du buffet. Il empiétait à moitié dans le coin « salle de bains » qui était séparé du reste de la pièce par un simple rideau. Jean vivait dans cette atmosphère morbide, seul. Avec sa folie.

En se reservant un verre, il se mit à pleurer comme un enfant. Des larmes mais aucun sanglot. Quand il pleurait, seules des gouttelettes coulaient le long de ces joues, le visage n'exprimant qu'une légère mélancolie. Ce soir-là, il décida de finir cette bouteille de rhum, de pousser l'armoire qui bloquait la fenêtre et de s'asseoir sur le chêneau. Son studio, mansardé, était au 4ème étage d'une maison centenaire du Vieux Lille. Il y avait passé toutes ses études, et y était resté depuis l'âge de 18 ans. Il n'avait plus de famille.

Ses parents étaient peut-être encore vivants, mais il ne savait où. Ils ne s'appelaient plus depuis la fin de ses études. Ils ne se voyaient même pas pour les fêtes de Noël. D'ailleurs, Jean détestait Noël. Et, ce soir-là, c'était le réveillon de Noël.

De son perchoir, il pouvait observer la vie des autres, à travers les fenêtres. Ceux qui vivaient en famille, ou en couple. Ou seuls, mais heureux. Lui ne l'était pas. Il se resservit une rasade de rhum. La moitié du liquide lui coula sur le visage. Il s'alluma une cigarette. La fumée qu'il inhala lui enflamma la gorge déjà gâtée par du mauvais alcool. Et les effets sur son équilibre se firent sentir rapidement. Il manqua de glisser du chéneau.

« Et puis pourquoi pas ? ». Oui, pourquoi ne pas se laisser glisser et plonger assurément vers un monde où il ne serait plus fou ? Pourquoi vivre ainsi ?

Quand un couple le retrouva en bas sur le trottoir, il avait la tête éclatée, baignant dans une flaque rouge. Ses jambes étaient retournées, comme des brindilles qu'on aurait cassées. Dans sa main droite, crispée, se trouvait une boule de papier. Une lettre de pardon aux familles de ses 17 victimes. Avec leur nom et le lieu où il avait caché les corps.

VENGEANCE

Le vieil homme faisait sa prière. A genoux, sur le parquet ancien à chevrons, au bord du lit. On aurait dit un premier communiant, la chemise de nuit blanche à l'ancienne, les mains jointes. Le faisceau lumineux de sa lampe de chevet éclairait à peine sa silhouette avachie. Seules ses mains fripées, ses doigts osseux et ses longs ongles jaunes semblaient se mettre en scène sous la lumière.

Un murmure s'échappait de cette vieille carcasse voûtée, presque un gémissement. Une prière en réalité.

Je le regardais, silencieux, derrière la porte entre-ouverte. Seul mon souffle pouvait l'avertir de ma présence, mais sa plongée spirituelle était telle qu'il n'aurait même pas pu entendre les pleurs d'un enfant à ses côtés. D'ailleurs, il n'a jamais entendu pleurer d'enfant. Pour lui, ces pleurs et ces cris devaient probablement exprimer la joie.

J'avançai, en poussant un peu plus la porte et entrai enfin dans cette chambre diabolique. Lui, toujours à prier. Elle n'avait pas changé: un lit simple, dont le matelas s'affaissait tellement qu'on aurait dit qu'il n'y avait plus de sommier. Des couvertures rouges, délavées. Les mêmes qu'il y a dix ans. Un crucifix en bois foncé démesurément grand à la tête du lit. Une gigantesque armoire normande qui touchait presque le plafond. Ses portes me paressaient bien plus fragiles qu'elles ne l'étaient quand j'étais enfermé derrière.

La tapisserie répétait une scène de campagne, à l'infini, sur fond jaune. La peinture du plafond s'écaillait. Une humidité sordide régnait dans cette misérable pièce aux odeurs de sueur, d'encens et de missels vieillis par le temps et les mains grasses du vieux prêtre.

Je poussai encore un peu plus la porte. L'homme agenouillé tourna légèrement la tête en arrière. Il aperçut mon ombre sur le parquet. Moi-même fus surpris par cette forme effrayante.

Ce n'était pas la mienne. C'était celle de l'enfant qui venait se venger.

Il sursauta tellement qu'il se redressa comme un ressort et se retrouva sur le lit derrière une couverture qu'il tendait devant lui comme une barricade.

Il bredouilla:

— Qui, qui êtes-vous au nom du Ciel?

— Vous savez qui je suis.

— Le petit Charles? Mais tu aurais pu frapper, tu m'as fait une de ces peurs!

— Le « petit Charles », comme vous dîtes, a 16 ans désormais.

Se sentant tout à fait idiot avec sa couverture dressée devant lui, il se mit à descendre du lit.

— Bon sang comment vas-tu? Souhaites-tu te joindre à ma prière? Sa voix tremblotante cachait une peur de tous les diables.

— Non merci. Je vous explique ma présence. Initialement j'étais venu vous enfoncer cette batte de baseball quelque part, mais ça vous aurait fait trop plaisir. Je vais juste vous la balancer à plusieurs reprises en pleine gueule.

Je fus assez surpris par l'effet rebondissant d'un crâne. Il faut maintenir fermement la batte car elle a tendance à rebondir trop en arrière et on perd du temps.

Au bout du 20ème coup, je ne reconnaissais plus vraiment Monsieur l'Abbé. Le bon Abbé du village de 756 âmes qui avait du s'en prendre à la moitié des enfants de cœur qui ont mis les pieds dans sa paroisse.

Bien sûr, si j'avais fait ce « crime » sauvage comme ça, juste pour me venger des sévices qu'il m'avait fait subir, ça aurait eu moins d'impact. J'avais réussi à m'introduire dans sa chambre deux jours avant, fouiller dans son bureau et trouver son petit journal intime. Ce brave homme avait dans ce carnet tous les détails les plus sordides des horreurs qu'il avait faites subir aux enfants. Ce journal, je l'avais laissé en évidence. La rigidité cadavérique du curé m'avait aidé à le maintenir entre ses mains sales. Des mains qui avaient détruit des vies entières, et sali l'oeuvre de Dieu.

Ils sont aujourd'hui, en partie, vengés.

JALOUSIE

Samuel dépose ses clefs de voiture dans le saladier de l'entrée, comme tous les soirs. Le grand saladier probablement offert par une tante, à un anniversaire ou à Noël. Le genre de saladier vaste et laid qu'on laisse sur le meuble de l'entrée parce que c'est pratique. La lumière de la cuisine est allumée, Juliette a dû l'oublier avant d'aller se coucher. Elle sait que son époux ne doit rentrer que le lendemain. Chirurgien cardiaque renommé, il devait réaliser une opération délicate dont il était encore l'un des seuls à détenir l'expertise. Malheureusement, le patient était mort un peu trop tôt. Opération annulée. N'ayant plus de batterie, il n'avait pas pris la peine de la prévenir et, surtout, souhaitait lui faire une surprise.

Ereinté par sa journée, Samuel jette sa veste sur une chaise haute du bar de la cuisine, se prend un verre dans l'armoire et s'ouvre une bonne bouteille de blanc, un petit Chablis. Accompagné d'une pointe de brie, parfait.

Le deuxième verre dégusté, il se dit qu'une bonne douche lui ferait le plus grand bien. Un bruit cependant l'arrête en plein élan, alors qu'il commence à déboutonner sa chemise. Se levant tout en tendant l'oreille, il passe dans le salon par la porte « western » qui le sépare de la cuisine. Le lustre. Il bouge par saccades. Le lustre, dans cette vieille maison bourgeoise, bouge lorsque quelqu'un marche à l'étage, sur le plancher. Mais Juliette, légère comme elle est, n'a pas le pas si lourd et, à 23h, elle doit être couchée. Et, surtout, Samuel n'entend aucun pas. Juste un bruit sourd, venant de la chambre au-dessus du salon.

Il pose son verre qu'il tenait encore à la main, sur la table basse. Il se dirige vers l'escalier et, marche après marche, prend soin de respirer le moins possible, pour ne perdre aucun bruit suspect. Il savait retenir sa respiration, depuis son enfance, quand il entendait ses parents s'engueuler et qu'il ne voulait pas en perdre une parole. Mais plus il monte, plus le bruit sourd s'accompagne de petits gémissements... ceux de sa femme.

Il stoppe net à trois marches de l'étage. Des gémissements aigus. Mêlés d'une respiration forte et rythmée. Celle d'un homme. Les trois dernières marches, il les enjambe et en deux autres pas il parvient à la porte entre-ouverte de la chambre. Il ouvre doucement, espérant encore que Juliette dorme, mais redoutant le pire.

Il aperçoit, dans le faisceau lumineux de l'ampoule de la coiffeuse, les épaules dénudées de sa femme. Elle est assise sur le lit, face au mur. Il admire un instant ses cheveux blonds glisser sur son dos, ses reins dessinant sur la couette immaculée des cercles parfaits. Dans la faible lumière blanche, il aperçoit ses pieds fins sous ses cuisses. Mais, avec dégoût, remarque également deux autres pieds bien plus grands. Elle est assise sur un homme. Son amant.

D'un geste sec Samuel appuie sur l'interrupteur, aspergeant de lumière blanche la scène la plus immonde qui lui ait été permis d'assister. D'un bond surprenant, Juliette se retrouve à terre, ayant eu à peine le temps de cacher sa poitrine vaniteuse. Lui, bête, se redresse, s'adosse contre la tête de lit, le visage rouge et transpirant, la couette couvrant à peine son entrejambe. Pendant un instant, les trois personnages s'observent, se dévisagent, tous terrorisés.

Les bafouilles de Juliette, à peine audibles, n'avaient aucun effet sur son mari qui avait déjà pris sa place et qui, assis sur l'amant, frappait déjà de toutes ses forces, poing après poing, sur la pauvre tête déjà ensanglantée du jeune homme. Les coups pleuvaient sur cette figure de plus en plus molle. Le sang giclait sur la chemise blanche de Samuel. De la chair parfois. Les cris de Juliette, prostrée dans un coin de la chambre, ne faisaient qu'accentuer la colère de son mari, dont les traits s'étaient transformés. Méconnaissable.

Monstrueux.

Epuisé de frapper sur cette masse informe et rouge, les mains abîmées par les os cassés de son rival, Sam, dégoulinant de sueur, de sang et de rage, s'arrête enfin. Descendant lentement du lit, droit sur ses jambes, il se retourne vers Juliette et la regarde, en boule, gémissant encore et sanglotant. Son regard, méprisant et dégoûté, faisait frissonner la pauvre femme. Après deux ou trois minutes à la dévisager, il détourne la tête et s'en va.

C'est par une journée d'hiver, boulevard Haussmann, cinq ans plus tard, que Juliette a reconnu Sam. Assis contre un mur, le regard vide, réchauffé par le foyer d'un vendeur de marrons.

Une casquette posée devant lui présentait fièrement quelques pièces.

L'ETUDIANT

Ma cuisine. Deux plaques électriques, dont une en panne, un évier en inox avec un plan de travail de vingt centimètres. Un robinet qui fuit.

Ma cuisine est dans ma chambre. Ma chambre est dans mon salon. Ma seule fenêtre est ma porte d'entrée. Bon, c'est une porte-fenêtre, vue sur cour intérieure. Cour qui est dans le parking de l'immeuble. Immeuble dans le centre de Lille, à République. J'ai la chance de faire des études. La chance que mes parents se soient saignés pour me payer ce logement et Sciences Po à Lille.

Voilà où je vis. Ce ne serait pas si mal si je pouvais en sortir. Mais je n'en ai pas le droit. Je n'ai pas le droit de sortir, après avoir révisé 8h d'affilée ces foutus cours. Enfin, ces « cours ». Des bribes d'explications tant bien que mal proposées en visioconférence par les profs. Ils font ce qu'ils peuvent, eux aussi.

On est jeudi soir. Mon frère aîné m'a toujours expliqué les soirées lilloises du jeudi soir, improvisées ou non. L'euphorie qui pouvait gagner un amphi dès le milieu d'après-midi. L'effervescence, l'excitation, ce goût de liberté. Pas de parents qui te disent quoi faire ou ne pas faire, *ne rentre pas trop tard, surtout ne prends pas froid.* Mettre la musique à fond, Dead Prez, pourquoi pas, gueulant « Hip-Hop ! » en sautant bêtement au milieu de ma chambre / salon / cuisine, une canette à la main, remuant frénétiquement la tête, un ou deux potes affalés dans le clic-clac, s'allumant clope sur clope, s'embrumant l'esprit par des théories fumeuses sur l'avenir du métier d'avocat en France. Moi qui leur dis d'arrêter de déblatérer et leur suggère plutôt d'aller chez l'épicier du coin chercher d'autres bouteilles. Eclater de rire, s'enivrer avant de se refaire une beauté, serrés comme des sardines devant le miroir fendu de la salle de douche, se chambrer, se forger une amitié, se soutenir, se marrer. Puis claquer la porte du studio, laisser les codes et les lexiques juridiques sur le bureau / table à manger. Prendre la direction, en titubant gentiment, de la « rue de la soif ».

— On y verra sûrement Julie.

— Yes mon pote, et aussi Caro.

— Eh, les gars ! Il vous reste des clopes ?

Arrivés devant le NetWork, on poufferait de rire face au videur. On le tchatcherait pendant une heure pour qu'il nous laisse rentrer. Forcément, on est jeunes, on est beaux, on se sent beaux en tout cas. L'alcool est passé par là. Tout nous est permis. On a vingt ans.

Une fois à l'intérieur, on jouerait des coudes pour se prendre un verre au bar, monopolisé par des trentenaires attardés et blindés. Mais on y arriverait. On prendrait un sérieux de bière, un whisky coke et une Vodka Redbull. On est les meilleurs amis du monde, rien ni personne ne peut nous atteindre. Sauf le poing de ce fils à papa qui viendrait cogner l'épaule de mon pote mais rendu aussi vite. On se prendrait dans les bras après ça et on s'imaginerait avocat, dentiste ou chef d'entreprise. On se verrait sur nos voiliers, on se ferait des projets incroyables, on dirait des conneries, on parlerait des cons, un intarissable sujet.

Et on commencerait à attaquer.

J'imagine bien : Je vois la jolie Caro. Elle danse sur le bord de la piste, comme si elle voulait que je l'admire. J'ai envie d'y être bon sang, d'y aller, de prendre mon courage à deux mains, quitter un instant mes acolytes et me rapprocher comme si de rien n'était de ma cible amoureuse, tenter des pas de danses maladroits. Alcoolisé c'est toujours plus compliqué, c'est certain. Elle semble réceptive à mon approche. Je la frôle. Je l'enlace élégamment. Je la serre contre moi. Je me sens fort, puissant, irrésistible. Je m'enivre de son parfum. Je l'embrasse dans le cou. Elle se laisse faire, c'est gagné. T'as emballé. Je n'entends plus la soupe électro qui flotte autour de nous, je n'entends que la respiration de Caro qui vient de poser sa tête contre mon torse.

Ensuite, j'irais reprendre une bière avec mes potos, j'en offrirais une à ma « copine » qui rentrerait finalement plus tôt que moi mais « à la rigueur, tant mieux les gars, suis trop pété pour coucher avec elle ce soir ! ».

On éclaterait de rire, on quitterait la boîte sans payer la moitié de nos verres et on partirait en courant, tout bourrés, se cognant aux rétros des voitures stationnées.

On rentrerait chez moi, on se ferait des pâtes et des œufs. On s'allumerait une tige et on écouterait Pink Floyd.

On est jeudi soir, mais je ne vivrai rien de tout cela. Je suis dans mon lit, il est 21h34. Allongé sur le dos, les yeux rivés au plafond. Je rêve ma vie. Je me dis qu'il y a pire que moi. Il y en a des tas en train de crever de ce putain de virus. Il y en a qui crèvent dans la rue. Il y en a qui crèvent sous les bombes. Il y en a qui crèvent sous les coups de leur mari.

Moi je crève de perdre mon temps. Et de ne pas *« boire jusqu'à l'ivresse, ma jeunesse »*.

AMBIANCE D'ESTAMINET

J'ouvre la porte. J'avance dans une atmosphère sombre mais chaleureuse. La fumée des cuisines m'accueille et les parfums de plats traditionnels m'enlacent. Je me sens bien dans cet estaminet. J'aperçois le cuistot, aidé par ses deux fils derrière leur plan de travail, dans l'entrebâillement de la porte battante que la patronne vient de pousser avec le pied, les bras chargés d'assiettes. Des carbonades. Les clients, impatients, s'empressent de déplier leurs serviettes à carreaux rouges et blancs. Ils finissent leur Queue de charrue et se servent un bon verre de rouge.

Je grimpe sur un tabouret, au bar. J'attends qu'une table se libère.

— On est huit ! Et on va prendre quatre Paix Dieu s'il vous plait, et quatre coupes !

— C'est parti gamin, quatre Paix Dieu et quatre coupes pour les demoiselles. Et v'là des cacahouètes pour tapisser un peu !

Mes amis entrent à leur tour dans ce paradis de la bière et de la bonne bouffe. On a déjà de bonnes couleurs et les yeux rieurs, après deux gorgées de notre breuvage. Il faut dire qu'on vient directement de chez Seb qui nous a déjà fait déguster une Jenlain brune.

J'observe la salle. Une étroite salle à manger aux murs de pierre sur lesquels pend du houblon séché. Des petites tables, serrées les unes aux autres. J'ai l'impression que tout le monde se connaît. Que les gens sont assis sur les genoux de leurs voisins. La promiscuité et l'intimité sont restées à l'extérieur. Ici, on ne vient pas pour marmonner, ou pleurnicher. On mange, on boit et on parle fort. On rit épais.

On raconte des conneries. On rit des cons. On se souvient de la période de confinement. Chacun y va de ses anecdotes. Les 10 degrés de la Paix Dieu nous libèrent et extrapolent nos petites histoires, qui en deviennent nettement plus drôles. L'envie nous prend de tirer sur une clope.

En passant au milieu de la salle pour me diriger vers la terrasse, je pouffe de rire dans ma bière. De la mousse finit dans les frites d'une vieille dame. « Ce n'est rien mon grand, il y a un vaccin maintenant ! ». Ses yeux bleus rieurs me rassurent. J'ai envie de l'embrasser cette petite vieille. J'ai envie d'embrasser tout le monde !

Accoudé au zinc, un vieux aux ongles jaunis par ses gitanes maïs reluque gentiment la serveuse, se rappelant sans doute ses jeunes années. Lui aussi j'ai envie de l'embrasser.

Les effets de la bière triple sont rapides, mais décuplent mes sentiments.

Je m'allume une cigarette. Tout le monde est là. On attend ça depuis longtemps.

On va passer une bonne soirée.

LE BAR DE LA PLAGE

Placé au centre de la table basse en bois peint en blanc, le « magnum » de rosé trône. Des orteils ensablés semblent discuter entre eux. On peut en compter trente, recroquevillés sur les rebords de la table basse. Un cendrier laisse fumer une cigarette mal écrasée. Des rires éclatent et une main s'empare du Graal de la fête. Les verres se remplissent et se vident aussitôt. Une odeur de crème solaire se mêle à celle du poisson frit qui, s'ajoutant à la planche de charcuterie, réveille un appétit furieux chez ces trois amis.

Ils semblent être trois amis d'enfance. La complicité fait partie du groupe. Il y a un blond, cheveux longs jusqu'aux épaules, aux mèches presque blanches. Un « voileux ». Sa belle gueule bronzée est encore assez fraiche mais, passé la cinquantaine, les rides se creuseront et marqueront des sillons plus prononcés. Il y a un brun, élancé, lunettes à monture en bois sur la tête. Il est celui qui rit le plus fort. C'est aussi lui qui semble être le plus drôle. Et un châtain, plus discret, glousse dans sa barbe de hipster.

A la table d'à côté, deux femmes, quadras. Chacune d'elles écoute l'autre, mais leur regard et leur esprit sont ailleurs. Leurs idées divaguent. Leurs oreilles se perdent dans les rires insolents des trois hommes. Ces derniers les ont bien sûr repérées.

Observons le déroulement de cette soirée qui semble bien partie.

Moi, je suis seul au bar, face à la mer. Du haut de mon tabouret, j'admire les gens. J'imagine leurs vies, leurs joies et leurs peines, leurs espoirs et leurs désillusions. Une 2 Caps à la main, je suis spectateur dans ce théâtre en plein air, ce drive in géant avec, pour toile de fond, la baie de Wissant et le soleil qui s'y plonge inexorablement, laissant derrière lui une traînée orange et violette.

Revenons à nos trois amis. Donnons-leur un nom cinématographique : Brad Pitt sera le beau surfeur blond, aux pecs saillants et glabres. Matthew McConaughey sera le grand brun et Joaquin Phoenix sera le troisième homme.

Brad sourit en se pinçant les lèvres inférieures, tout en jouant avec sa cigarette entre ses larges doigts abîmés par le sel marin et les écoutes de voiles. Ses yeux malins se jettent par moments sur les corps attrayants des deux femmes. Celles-ci le savent bien et en profitent pour relever de temps à autre leur paréo, découvrant leurs cuisses chauffées par le soleil d'été.

Matthew et Brad sont clairement les cibles des deux femmes. Joaquin est plus effacé, plus timide, cachant un sourire hésitant derrière sa barbe.

Je n'ai pas réussi à distinguer les prénoms des deux femmes. Sexy et élégantes à la fois (réunir ces deux qualités est chose rare), je vais les baptiser aussi : la brune sera Clara, la blonde Laure. Des noms d'actrice X, soyons fous.

Quand Clara tire sur sa cigarette, elle enveloppe tellement bien celle-ci de ses lèvres qu'elle reste parfois collée à elles, ou plutôt à son rouge de mauvaise qualité. A vouloir paraître trop sexy, le regard en coin pour s'assurer de l'émoi des trois potes, elle frôle le ridicule. Laure a plus d'allure. Elle paraît plus naturelle. A tous points de vue. Elle titille la paille de son cocktail avec la langue comme elle rêve sans doute d'en faire autant avec le corps de Brad. A moins qu'elle n'ait flashé sur le ténébreux Joaquin ?

Celui-ci vient de terminer sa chope. Sa timidité l'empêchant de lever la main afin d'appeler le serveur, Brad s'en charge, d'une voix grave et forte, étouffante pour Joaquin :

— Une pinte de chouffe pour notre ami Nico ! Et la même chose pour nous, tiens !

Quelque chose ne va pas chez ce brave Joaquin. Physiquement, il est aussi agréable à regarder que les deux autres. Mais il dégage une certaine mélancolie. Une solitude même, que ses deux collègues semblent totalement ignorer. Ils s'en moqueraient presque. Est-ce leur faire-valoir ? En tout cas, je pense que la blonde est finalement plutôt sensible à cet écorché vif, au physique d'athlète mais aux fêlures cachées. Ce type d'homme plait aux femmes en général. Enfin, je crois.

Il a déjà bu plus de la moitié de sa troisième pinte de Chouffe.

Il ne semble pas pour autant ivre mort. Juste ailleurs. Et plus détendu. C'est ça, détendu. Laure le regarde toujours d'un œil discret.

Je trouve qu'ils sont plutôt longs à engager la conversation. Il semble que c'est Joaquin qui, finalement, va prendre l'initiative de la drague.

Tiens, je vais m'en prendre aussi une, de bière. La plus forte si possible. Je pense qu'il y aura du spectacle. Ce sera une Chouffe également.

Il demande du feu à Clara. Bien joué, c'est parti ! La belle se penche exagérément vers la table basse pour atteindre son briquet, laissant respirer son décolleté. Cette bouffée d'air ne laisse pas indifférent Joaquin, qui en fait tomber sa clope.

— Vous êtes de la région ?
— On vit à Lille, mais on est là pour le week-end.

Bref, les banalités que veulent la convenance et la bienveillance. Je les laisse à leur discussion stérile mais qui les mènera, j'espère pour eux et pour elles, à la conclusion qu'ils envisagent. Mais un seul, inévitablement, terminera la soirée la queue entre les jambes… A moins que…

Des images libertines défilent dans mon esprit houblonné…

Je détourne légèrement la tête pour lancer mon regard vers l'horizon de la baie de Wissant, magnifiquement orange en ce début de soirée estivale. Les derniers souffles d'un vent de Sud-Ouest se font entendre dans les mâts des catas, posés là, entre la plage et le bar.

Des familles de trentenaires commencent à quitter les lieux. Il est tard, les enfants commencent à fatiguer. Les pères aimeraient bien rester. *On se retrouve après les avoir couchés,* s'échangent-ils discrètement, l'œil complice et malicieux. Ce sont les vacances, les locations ont fait le plein. Tout se fait à pied à Wissant, les papas (ou les mamans) peuvent revenir une fois les enfants couchés. Et ce serait une de ces magnifiques soirées improvisées, où tout peut arriver.

Des pleurs de caprices tentent de percer la musique électro qui a pris ses quartiers. L'une des mamans jette un œil froid à son jeune époux qui vient de capter les deux quadras, Laure et Clara. Un petit coup de coude à son pote, une pensée nostalgique de leurs années étudiantes, des dragues, des soirées lilloises. « Mais tout ça c'est fini les gars ! », s'exclame l'autre épouse, lucide sur les intentions des deux ados attardés.

Un couple de sexagénaires, sirotant leur rosé, semble être admiratif de la jeunesse qui les entoure. Ils sourient. Ils sont bien et ils s'aiment. Depuis 40 ans, je dirais. Leur regard, heureux, s'abreuve des scènes de joie qui leur rappelle leurs trente ans. Ils ont trimé toute leur vie, à des postes importants. Cela se voit. Ils ont la classe de ces retraités tranquilles, apaisés. Leur couple a tenu aux quatre enfants, aux disputes du quotidien, aux soucis du boulot, aux pertes de proches, à la connerie des autres, aux petites sauteries sans lendemain. Ils doivent être propriétaires d'une belle maison, là-haut, sur les hauteurs de Wissant. Les enfants les y rejoignent aux grandes occasions, avec les premiers petits enfants. Demain, des amis viendront les retrouver. Ils feront un tour en Méhari, feront un peu de marche nordique jusqu'au Gris-Nez, puis se poseront dans un transat sur la terrassesx pour y faire une sieste, après avoir vidé une bouteille de rosé bien frais.

L'ambiance de plage laisse place à un parfum de fête. Les clopes se font plus nombreuses à fumer. Les gens se lâchent. La 2 Caps fait son effet, les Spritz et Mojito aussi. Le verbe de chacun se fait plus haut, les rires plus gras et francs.

A côté de moi, à ma droite, deux amis en sont aussi à leur quatrième verre. Au début de la soirée je les entendais beaucoup rire. Mais depuis un bon quart d'heure l'un d'eux fait un monologue sur une théorie pseudo philosophique sur le bonheur en entreprise.

Bordel, quel ennui, doit se dire ce pauvre garçon, obligé d'écouter les conneries de son pote.

Dis-lui de la fermer un peu et amusez-vous !

Je reviens à nos trois amis et aux deux copines. Tout le monde semble heureux d'être là, boit, rit, fume, se resserre. L'une, Laure, se lève. Elle s'oriente vers les toilettes.

Une femme qui traverse une assemblée, c'est comme une parenthèse. Les hommes n'écoutent plus que d'une oreille leur interlocuteur, acquiesçant vaguement, *oui c'est clair, mmh oui t'as raison.* Leurs yeux baladeurs se perdent dans le fin tissu du paréo qui virevolte en passant devant eux, pour se poser sur les fines chevilles de l'ensorceleuse, pour embrasser ses hanches et ses fesses si bien mises en valeur *dans cette foutue robe.* Les épouses, copines ou maîtresses, quant à elles, jettent un rapide coup d'œil dédaigneux à cette friponne et, sans détourner la tête, l'œil en coin, surveillent leurs ados de mari.

Les yeux plissés de Laure, son sourire gêné mêlé de coquinerie, dévoilent en réalité une certaine satisfaction, celle de plaire.

C'est ça, plaire. Tout le monde semble plaire à l'autre, à elle, à lui, à eux, aux autres.

La musique électro se transforme, s'accélère. Les baffles battent un tempo plus sourd et plus rapide. Laure sort des toilettes. Elle remarque que je la regarde. Je détourne la tête, les trois potes aussi la regardent. Sa copine parle dans le vide. Laure avance, sûre d'elle. Elle le peut car elle en a profité pour se rafraichir le visage, placer au millimètre une mèche de cheveux, se parfumer. Elle en a presque trop fait.

Sa démarche rythmée à la musique d'Etienne de Crécy dévoile une irrésistible envie de danser. Ses pieds, légers, font s'envoler derrière elle un nuage de sable fin.

La voilà de retour, assise près de son amie, et de ses nouvelles proies. L'électro de Crécy s'accélère, certains se lèvent. Là-bas, une bande de jeunes, je dirais 25 ans environ, viennent de s'installer à une table. Une Girafe de bière est érigée au milieu de la table. Un grand baraqué, torse nu, rentre dans une excitation presque ridicule quand viennent les premières notes d'Opus d'Eric Prydz. Une fille, assez ronde mais très jolie, un short blanc, un t-shirt noir moulant, monte sur la table et l'emmène avec elle. Et ils dansent, langoureusement, puis accélèrent au rythme de l'air technoïde entêtant, entraînant.

Ça y est, ces jeunes ont lancé le mouvement, la soirée prend.

Je me demande ce que Joaquin, bourré, peut bien raconter à Laure pour qu'elle rie comme ça. Je me demande aussi ce que Matthew et Clara se disent. Des trucs cochons sûrement.

Finalement, Brad, celui qui semblait le plus sûr de lui, paraît maintenant le plus effacé. Il fume cigarette sur cigarette, toujours un verre à la main. Il tente parfois de rentrer dans la discussion des uns et des autres, en vain. Feignant de rire, d'ignorer leur indifférence. C'est drôle ce dont l'alcool est capable. Pour Joaquin, c'est un révélateur de bonne humeur et de jovialité. Mais pas pour Brad apparemment. On croirait presque que ça pourrait le rendre dépressif. Agressif. Violent. Peut-être mauvais.

Ou bien est-ce moi qui divague ? Après deux bières, c'est normal finalement. Ce brave Brad est peut-être tout à fait bien dans ses pompes.

Et moi ? Pas sûr. Que peuvent bien penser tous ces gens que j'observe depuis près de deux heures ? M'ont-ils au moins remarqué ?

Je m'allume une autre cigarette. C'est à cet instant que je la vois arriver, légère, passant une main dans les cheveux.

Je l'admire de haut en bas. Elle est indéniablement plus belle que ces deux allumeuses. C'est normal, elle est ma femme.

— Les enfants sont couchés, la baby Sitter est arrivée. Les autres arrivent !

A mon tour de faire la fête.

CHAPELLE DE CARNAVAL

Ça sent la fumée de cigarette et la bière. La soupe à l'oignon. Le maquillage, le rouge à lèvre. La sueur. C'est cette fourrure. J'aurais dû la laver un peu quand même, l'an dernier.

La fenêtre de la salle de bain est ouverte. Ça sent l'air frais qui tend vers le printemps. Quelques cris, quelques chants épars se glissent dans les ruelles de Malo pour terminer dans mes oreilles, me chatouiller les tympans, me réchauffer le cœur. Ça commence. Beaucoup sont déjà prêts visiblement.

Merde, je viens de faire tomber ma colle à cils dans le lavabo.

Ces foutus faux-cils. Vingt-deux ans que je les applique sur mes paupières. Mais sans eux je ne ressemblerais pas à grand-chose. Une fourrure noire, un kilt, deux ronds rouges aux joues et mes lèvres embellies par le tube

Yves Saint-Laurent emprunté en 1999 à maman (il en reste toujours un peu, par miracle, chaque année). Ces foutus faux-cils sont indissociables de ce déguisement. Mon Cletche*.

Me voilà transformé. Il ne me reste plus qu'à enfiler les vieilles chaussettes jaunes de foot que m'avait donné mon ami Seb. Bon, elles glissent sur mes mollets de coq et tombent largement sur mes chevilles. Mais ça fait aussi partie du charme de l'ensemble.

Devant la glace, je bombe le torse. Mon pull noir a encore rétréci. On voit bientôt mon nombril. Une nouveauté pour cette année, je dirais.

Je glisse la main dans mon sac à main : du bout des doigts je sens des grains de sable qui viennent se glisser sous mes ongles. Je sens un vieux cil écrasé. Des bouts de carton (de vieilles places de bal probablement). Un mégot. C'est dégueu bordel. Mais ça me fait rire.

Je jette le tout dans la poubelle.

---

* Déguisement de carnaval, en parler dunkerquois

La touche finale : mon chapeau. Des poussins, des fleurs jaunes, bleues, rouges et jaunes. Un habit de poupée sans la poupée (elle s'est fait la malle lors d'un chahut).

Et surtout un cordon bien trop long, qui aime tremper dans ma soupe à l'oignon.

— *Ben c't'affaire. T'es installé gamin !*

Il y a déjà une bonne dizaine de masquelours* dans la cuisine. Tous un verre de bière à la main, ou de rosé ou d'punch. Y'a Simon qui s'affaire à poser sur la table les dernières assiettes de jambon, les terrines et le potch' de Charlie qui vient d'arriver. Ben a déjà son masque de cheval sur la tronche, avec un caniche à ses côtés. Ah non, c'est Pilou qui a lui aussi son masque en latex. On gesticule, on se bouscule, on crie et on chahute mon Grego, qui rit aux larmes sur l'épaule de sa femme.

Une robe remplie de ballons colorés tente de se frayer un passage dans cette cohue, aidée par la carrure de son

---

* Carnavaleux

homme au visage bleu, vert, jaune et rouge. C'est Jules et Cam. Suivi d'un ours sorti tout droit d'une malle de jeux anciens. Mon bon ami François.

Je reconnais les rires que je n'entends pas assez, car sous les tropiques le reste de l'année : ce Connard de Rom et mon accessoire de Tom. Une bouteille vient d'être débouchée, suivie d'une deuxième. J'aperçois au fond du salon le chapeau rose de ma sœur, taquinée par le Séby, lui-même chambré par l'Antoine, dont le nombril à l'air me rappelle étrangement celui du grand Charles et son tutu rose qui vient de me frôler les guibolles.

Je me sers une 3 Monts. J'en sers une à Marie et son Jean-Phi. Et j'embrasse tout ce beau monde. Et j'enlace tous ces cletch' identiques depuis plus de vingt ans. Nico et Aurélie discutent gentiment avec Clairon Pimpon. « Eh Piou Piou ! Fais l'âne ! ». J'explique quelques anecdotes à mes amis calaisiens.

Je tente de reprendre un instant mes esprits, tout en servant un ciré jaune. C'est Mag, « je n'avais pas vu, mon chapeau il tombe devant mes yeux ». A force de servir tout le monde n'importe comment j'en fous par terre. Mes semelles collent au sol. V'là JB beau comme un athlète. « Tiens gamin prends une pinte ! ». Ma bonne amie Hélène m'a apporté des faux-cils. « Moi aussi j'ai tes cils ! », dit Amélie qui me tend la boîte. J'entends des « Connaaards » un peu plus loin.

Je fais un petit passage dans la cuisine et là je tombe sur les Parisiens. Ils sont venus ! Ça c'est des bons gamins ! Allez ouvres-en une autre ! Hervé qui me vanne, Ingrid qui se marre, François et Marion qui hallucinent de tout c'bazar mais qui adorent, Rémy, Mathilde, Antoine, Nat. « Bon sang je vous embrasse tiens ! ». J'ai presque envie de pleurer de joie, mais un « bois ça fieu » m'interrompt dans mes pensées déjà bien houblonnées. C'est Olive avec ma belle-sœur Anne que je viens de confondre avec ma petite femme qui m'a grillé.

« Ce n'est pas c'que tu crois ma chérie ! ». On rit, on est bien. J'embrasse ma femme. On se souvient de la fois où elle m'avait dit « arrête de mettre ton nez dans mon oreille », alors que je la gratifiais d'un de mes bisous dans l'cou.

Simon croise mon regard, avec les deux Ben derrière lui. Ils viennent prendre quelques bouteilles dans la cuisine. Ils sont accompagnés par Fx qui vient d'arriver avec Marie pour qui c'est la première fois ce soir !

« Un premier carnaval, ça se fête gamine ! ».

Mon verre de Ricard à la main, je me recule un instant et j'admire cette Chapelle d'anthologie. C'est une véritable crèche.

Je me dis que même si je ne crois pas en un dieu, je crois au moins au pouvoir de l'amitié.

TABLE